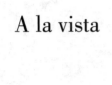

A la vista

Daniel Sada

A la vista

EDITORIAL ANAGRAMA
BARCELONA

Diseño de la colección: Julio Vivas y Estudio A
Ilustración: «La montaña», Umberto Boccioni, 1909
  Mazzotta Collection, Milán, Italia / The Bridgman Art Library

Primera edición: septiembre 2011

© EDITORIAL ANAGRAMA, S. A., 2011
  Pedró de la Creu, 58
  08034 Barcelona

ISBN: 978-84-339-7229-3
Depósito Legal: B. 22537-2011

Printed in Spain

Reinbook Imprès, sl, Múrcia, 36
08830 Sant Boi de Llobregat

Este libro es para mis mujeres:
Adriana, mi esposa,
Gloria y Fernanda, mis hijas.
Y Marla y Ximena, mis nietas.

Primera parte

1

Era un lugar poco visitado, pero atractivo, que estaba cuatro kilómetros al sur de Sombrerete. Había una barranca cuyo abismo daban ganas de ver detenidamente, al igual que una caída de agua cristalina, delgada y caprichosa. También había un ornato de árboles por doquier, además de un clima templado que prevalecía a lo largo del año. Lo estupendo de aquel paraje se limitaba a la eficacia de las palabras, pues no existía una foto que diera una noción más tajante de esa supuesta maravilla. Cierto que ninguna persona rondaba por ahí, por lo que se obvia que ninguna casa se vislumbraba a la redonda. Sin embargo, la venta de terrenos en esa área era una ganga. Y aprovechar, pero, como se trataba de una promoción, la añadidura de cualidades debía ser entusiasta, nunca exagerada, para que no pareciera una mentira. Lo que sí que a Serafín Farías ninguna descripción le era suficiente. Necesitaba la foto, la exigió, a fin de poder animarse a invertir bien a bien. Y pronto ese detalle tuvo que convertirse en un gran problema para Ponciano Palma y Sixto Araiza. Luego de un mes y medio, estos promotores trajeron fotos del lugar. El muestreo se llevó a cabo en una mesa de cantina.

Y el desengaño consecuente: existía la barranca, pero no la caída de agua; existía el clima templado, pero no la cantidad de árboles. No había casas ni gente, eso sí.

El que asumió la tarea de fotografiar aquello de muchas maneras fue Sixto Araiza: hombre de buena voluntad, pero bien torpe para el brete de hacer un *clic* exacto. Ponciano fue el afirmador de todo, movía la cabeza sin hablar, ya que era positivo, generoso. Al calor de las cervezas se daban las correcciones. ¿Por qué la mentira de la caída de agua?, ¿eh?, preguntó Serafín, y la respuesta del fotógrafo: Bueno, es que antes sí hubo lo dicho, eran otros tiempos, otra naturaleza. Hasta aquí lo oral, enseguida viene la interpretación: sí, sólo que ahora se imponía la horrorosa sequedad, como si la tierra se estuviera erosionando por quién sabe qué causas. ¿Y los árboles?, ¿a ver? Era efecto de lo mismo: la sequedad progresiva, no nada más allí sino a nivel mundial. Lo real era la ganga... a cien pesos el metro cuadrado, así que –veamos–: una oportunidad como ésa ¿dónde? No, pues ¡ni hablar! Serafín debía aprovechar la extraordinaria oferta porque si no... Él mismo conjeturaba que aquellos terrenos se venderían en un dos por tres y ¿con quién había que arreglarse? Otro gran problema para Ponciano y Sixto consistía en inventar a un personaje creíble, convincente, o localizar a quien que de a de veras estuviese dispuesto a mentir de buena fe y con solvencia...

Como tenían que pensarlo con despacioso análisis, Sixto le adelantó a Serafín que conseguirían el teléfono, la dirección, etcétera, del vendedor (dueño) lo más rápido posible, porque el nombre –cualquiera– lo soltó de modo subconsciente: Idilio Villalpando: ¡zas!: así tal cual... Lo único cierto era que el susodicho vivía en Sombrerete (también Sixto). Entonces: fin de la sesión cantinera; fin –eventual–, con la promesa de conseguir lo prometido. A partir de esa vez el interés de Serafín iba creciendo, sólo faltaba remachar los detalles más difíciles como para que ya no ideara nada, pero para llegar a ese nivel de consumación los promotores se entretuvieron en una hartura de minucias que para qué enumerar, nada más diremos que entre Sixto y Ponciano hubo varias citas vespertinas en la cantina en mención. Y respecto a las enmiendas y los acuerdos también debe decirse que hasta hubo gritos feos entre ambos, con salpiques de saliva.

Cuando ya tenían todo bien macizo, estos señores se reunieron con Serafín en donde ya se sabe, y entre cerveza y cerveza Sixto Araiza, que llevaba la voz cantante, soltó a poco todo lo relativo al vendedor (dueño). Que nada más los fines de semana se podía hablar por teléfono con él. Que porque era propietario de veinte mil cosas y que por tal razón estaba tan ocupado que no se daba tiempo para contestar llamadas. O sea: solamente los sábados: a cualquier hora: ¿eh?: la atención personal. ¿Y el nombre del señor?... éste... a ver... era... Idilio Villalpando (sí se acordó: mal: pero se acordó), porque veamos lo siguiente: si cualquier sábado Serafín tuviera la gana de hablarle por teléfono al mero-mero, el que levantaría la bocina sería nada menos que Sixto Araiza, quien respondería con voz aguda, pero armoniosa, diciendo lo de cajón: *¿Qué se le ofrece?* Y puro fingimiento perseverante. Sixto: el reemplazo, ese modo oculto. Con lo que se dilucida que él haría la invención acerca de las ventajas de comprar un terreno contiguo a aquella barranca, que era bonita aun sin caída de agua y sin tanto árbol. Sin embargo, Serafín tardó casi un mes en decidirse a comprar la tal baratura.

Es que no era poca la distancia entre Saltillo y Sombrerete...

13

Es que tan sólo imaginar un terreno tan distante de lo urbano... ¿tenía sentido?

Es que de qué serviría aquello a corto plazo...

Pero una inversión era una inversión, ¿verdad?, acaso el vislumbre de algo que pronto se transformaría... En todo caso, si a Serafín le daba por arrepentirse de haber hecho un mal gasto, pues, mmm, a fin de cuentas sabría que el desembolso no había sido tan grande. Y, bueno, en este momento estamos situados en la incertidumbre, tanto de Serafín como de Sixto y Ponciano, estos últimos todavía no se frotaban las manos con fuerza y satisfacción, porque, claro, las cosas no podían llegar sólo por pretenderlas. Ésa es una verdad que cualquier anciano diría, incluso sin saber mucho de cómo es la vida.

Y mientras llegaba el día de la decisión, se aprovecha para decir que durante muchos años Serafín Farías había sido el jefe (patrón) de Sixto Araiza y Ponciano Palma (este último vivía en Torreón). Un jefe explotador que se sentía un chingón por tener poder absoluto sobre este par de trabajadores tan necesitados. El negocio era de fletes y estaba ubicado en una orilla de Saltillo, o sea: transportación a diestra y siniestra: se contemplaban todos los rumbos nacionales. Crecimiento capitalista: en consecuencia: lleno de albricias y peculio. Orgullo: estiramiento sólo para el dueño. Por lo tanto: Sixto y Ponciano: traileros experimentados, con ojos de farol (a fuerzas), incluso, se daban sus buenas matadas porque el negocio empezó a tambor batiente (y el dueño y sus promesas halagüeñas, pero...), dos años de friega en los que no hubo casi días de descanso. Entonces nada de nada de ganancias para estos empeñosos. Sonrisas: sí, muchas: palmadas en la espalda, también. Y encomio exorbitante e ilusiones grandísimas: acumulándose. Luego empezaron los paliativos: las contrataciones por honorarios de una decena de choferes jóvenes: nueva modalidad ventajosa para el dueño, en fin. Cierto que a lo largo del tiempo gran cantidad de traileros laboró en ese negocio fructífero, pero como la explotación era exagerada (viajes y más viajes hechos en tiempos récord), pues casi todos renunciaban —algunos lo hacían de mala manera—, en un lapso no mayor de dos o tres meses. Y así la circulación imparable: váyanse unos, vénganse otros.

Por supuesto que las excepciones eran Sixto y Ponciano. Ellos aguantadores de más, porque fueron los únicos con contrato formal. Entonces hablemos de su derecho de antigüedad, su reparto de utilidades, su seguro médico, sus prorratas y un sinnúmero de sutilezas muy de contentillo: ventajas que más o menos eran migajas apreciables, lo grato de a poquito: para degustarlo.

Ahora situemos a Serafín con el cuerno del teléfono ya puesto entre boca y oreja. La comunicación hasta Sombrerete un sábado por la mañana y la voz aguda de Sixto Araiza (llamado Idilio Villalpando) diciendo lo de inicio: *¿Qué se le ofrece?* ¡Ah!: fue largo el diálogo telefónico, pero lo que aquí importa destacar es que llegaron a un acuerdo en cuanto a la fecha de un sábado para verse no en la oficina de Idilio sino en el paraje de la barranca. Una hora aproximada para la cita. Hacia el mediodía... por ahí... y... lo que sigue es una muestra de la parte final de lo hablado entre ellos...

—Por favor, dígame cómo llego. Necesito que me dé indicaciones precisas.

—Eso es fácil —contestó la voz aguda—, a ver, ¿quién le informó de este lugar?

—Un empleado de confianza. Se llama Sixto Araiza.

—Pues él lo puede informar...

—¿Usted lo conoce?

15

–Somos amigos desde niños. Yo también le tengo confianza, incluso le puedo sugerir que él lo traiga, la cosa es que llegue sin contratiempos.

–Mmm, no es mala su idea.

–Lo importante es que usted vea el paraje y se enamore de inmediato. Le adelanto que hay diferentes precios y que algunas áreas ya están vendidas. Dependiendo de lo que a usted le guste, le puedo hacer rebajas. Con tal de que compre un buen número de metros cuadrados, estoy dispuesto a darle todas las facilidades que necesite... Nos vemos en la barranca...

–De acuerdo.

De unos meses a la fecha –luego de veinticinco años de labor ininterrumpida–, tanto Sixto como Ponciano habían conseguido ciertos privilegios, habida cuenta de que ya el número de traileros en la compañía era quince. Ahora bien, un logro fue que estos veteranos no trabajaran los fines de semana, con esto se dilucida lo siguiente: Sixto se iba a Sombrerete y Ponciano a Torreón. A sus casas adoradas. Una conquista incomparable, ¿verdad? Ahora agreguemos una particularidad: Sixto era soltero (¡filosófico!) mientras que Ponciano era casado, aunque sin hijos.

¡Ea!

Con la fecha de un sábado retenida en sus sesos, Serafín llamó a sus dos empleados consentidos –toda vez que regresaron de su descanso de fin de semana– para darles la buena nueva en la cantina de siempre.

¡Vamos para allá!

Gozo apaisado de tres que, con las cervezas, fue subiendo. Punto por punto fueron redondeando el plan. El próximo sábado la ida. En el tráiler más nuevo ¿los tres irían? Era lo mejor por si hiciera falta ejecutar una maniobra auxiliadora.

16

También había que irse muy temprano.

No sonaban mal las cuatro de la mañana, para llegar a buena hora a la barranca, verla con parsimonia, caminar por el área para aprenderse de memoria el entorno.

Es que el tiempo de trayecto entre Saltillo y Sombrerete era de unas seis horas; pongámosle que en tráiler sería una hora más.

En la oficina de fletes verse, sí: un cuarto de hora antes de las cuatro. Serafín, Sixto y Ponciano, como se dijo.

Y el último engarce que hizo el patrón (explotador) respecto al terreno barato de allá de la barranca consistió en una imagen ya hecha con mucho anticipo: una casa rodeada de otras; un fraccionamiento a la orilla de una ciudad impetuosa: *Porque este país está creciendo muchísimo. ¡Nadie lo detiene! Yo creo que en unos diez años más habrá, a lo largo y ancho de la República Mexicana, otras cien ciudades grandísimas y aparatosas.* El entusiasmo campeaba frescamente.

Entusiasmo atravesado por unas visiones minúsculas, aunque siempre afables, de tres personas que ya se habían atiborrado de cervezas e ido varias veces al baño. Pero aquí hay que aclarar dos cosas: esas visiones incidían en la posibilidad de comprar terrenos y más terrenos. Emanación que se reducía a una consigna: ¡invertir y ya!, poco y bien: si cada mexicano lo hiciera... Dejar en el aire el planteamiento a medias... Serafín calculando. Y las figuraciones, por ende, cuando se dejara venir el monstruo del crecimiento nacional, o sea: imágenes chiquitas por doquier, mientras tanto; imágenes diluidas con gracia, nada más de plantearlas y darles forma. Pues estos tres andaban en eso. Ahora que la segunda cosa que hay que aclarar es algo relativo al patrón: en los últimos años ya no era tan explotador, su incuria se volvió guasa bastante juguetona, dado que hablaba con sus empleados, sobre todo con Sixto y Ponciano, como si confabulara extravagancias, y ése era el motivo mediante el cual estos últimos se animaron a sugerirle lo del terreno de allá. Tal vez el ablandamiento de Serafín se debía a que hacía poco más de un año había enviudado, por lo tanto, lloró como nunca lo había hecho. Un lloro que tuvo diferentes honduras porque aquello fue como una riada que se le vino encima. Conclusión: un despojo mayúsculo, ni siquiera sintió pena cuando su único hijo huyó a Europa un día de tantos: ¿a qué se fue?, a vagar, perderse, pero con dinero, porque ese mal hijo le robó muchísimo a su padre. ¿Y para qué detallar lo mucho y los modos de hurto? Lo cierto fue que se quedó allá, donde tal vez vivía encumbrado, orondo como un rey que no puede dejar de estar feliz, tanto, que jamás tuvo la ocurrencia de enviarle una sola carta a su familia, una discreta, sólo informativa —ya habían pasado siete años desde la huida—. Tampoco se comunicó por teléfono, por lo que: ¡ni pista de él! Y, claro, ante esas pérdidas la suavidad actual de Serafín Farías se volvió algo bien lógico, también comprensible, debido a que, sabiéndose solo, ya no tendría la fascinación por la rabia que tuvo hacia sus subalternos. De ningún modo podía solazarse con ser sañudo aprovechándose de la humildad trabajadora de ésos. Así que aplastarlos y machacarlos ¡ya nunca más!, sino...

El cambiazo: el humor cotidiano, como una manera indirecta de sanear su alma podrida, misma que ya no, ni cómo.

Y en la noche, en la soledad de su casa, sentado en un sitial de pana, elaboró disyuntivas cuyas causas y efectos siempre le favorecían, esto es: si él había cambiado, toda la gente que lo rodeaba también, en consonancia. Cosa automática por deseo, casi eléctrica. Entonces la guasa por doquier, como si se tratara de un virus benigno. Ningún lastre, ninguna inquina acumulada de los otros. Olvido y fervor y virtud, como si lo anterior fuese una larga historia infantil todavía con un futuro duradero y sin conflictos.

Rencores: ¿cuáles? Todo lo malsano sería como un punto lejano que pronto se borraría. Atrás, atrás la desaparición total, siendo que lo venidero era un magma que se inflaba buenamente. Y...

Por lo pronto, el paraje de la barranca... Esa imagen.

El viaje: la alegría: la ida y la vuelta en el tráiler en menos de veinticuatro horas. Pacto con esos dos.

Timo ¡nunca! Sospecha ¡¿por qué?!

Bueno, pues, vino el día de la ida a Sombrerete y de allí a... cabía la pregunta: ¿llegarían a la barranca por otro camino?

De una vez pongamos a Serafín, Sixto y Ponciano viéndose un cuarto de hora antes de las cuatro de la mañana de ese sábado equis, justo en la puerta principal del negocio de fletes. El tráiler listo –allí–: el nuevo, en espera: en la calle. Lo conduciría Sixto, ya que Ponciano tenía otro encargo dificultoso. Los tres en la cabina: ¡vámonos! El patrón iba en medio, fue su preferencia, por razón de sentirse protegido; también fue un modo subconsciente de elección. Tanto al abandonar la ciudad como cuando ya se desplazaban por la carretera a campo abierto, Serafín empezó con sus bromas. Su novedoso ablandamiento era un cambio de táctica que no resultaba agradable. Comentarios sin pizca de simpatía que no hallaban eco en esos dos traileros. Y había que reírse a regañadientes, tolerando necedades baldías. «Je», bastantes «je» forzados, que se apagaban cada vez más. Siguió el avance del tráiler y las risas toscas de Serafín bajo la oscuridad que aún sí. Aumentó la guasa del señor como si se inflara de súbito, pero como que enmierdándose más y más. Humor pesado, agresivo, con ganas de destruir por destruir. Veamos un ejemplo de lo que dijo este veterano insoportable: *¡Ustedes son unos pobres sangrones llenos de caca!* ¡Qué gracioso!, y a reírse esos dos empleados ¿en consecuencia?, ¿por qué? Nomás por docilidad. ¡Vaya! Pero el aumento humorístico siguió, pero por diferente vía, como si Serafín dejara asentada su habitual voluntad de dominio, ya que, hiciera lo que hiciera, su psique era la de siempre: la impostura, sólo que ahora revestida de una complejidad que ni Sixto ni Ponciano sabían cómo estaba siendo ni por qué. Una crispación. Un estrépito. ¿O qué rumia a fin de cuentas? Lo peor se dio antes de que apareciera la primera luz del día: *¡Ustedes son unos putos sin remedio!, ¿por qué les gusta tanto hacer cochinadas?* Pesadez total: es que eso de «lo puto» sí dolía muchísimo, no era correcto y tampoco era para celebrarlo con un jajajá expresivo. De resultas: la incidencia bribona: ¿o qué diablos?, podría ser que el humor verdadero fuera bien apelmazado.

Lo oscuro ayudaba para lo que vendría. La carretera, por fortuna, estaba solitaria: ésa: la que iba de Saltillo a Zacatecas, la casi recta y larga que pasaba por Concepción del Oro, siempre había sido así y además a esa hora era rarísimo que siquiera circularan vehículos viejos o nuevos, a veces sí, pero esa vez no, gracias a Dios. Pero a lo que se va es que hubo un momento de silencio de los tres, justo cuando Serafín parecía ver un punto que parpadeaba en el cielo estrellado, Ponciano, delicadamente, extrajo una pistola Derringer de su chamarra para dispararle de inmediato cinco balazos a ese señor antipático. Dos tiros en la panza, otro en el mero corazón (dizque) y dos en la cabeza para que se muriera tranquilo. Hay que decir que Sixto siguió manejando como si nada, es más: hasta emitió un largo silbido destemplado, fruto de sus nervios.

Ya por fin la venganza por tantos años de injusticia, de explotación desmedida, de gritos, de arbitrariedades sin fin, habida cuenta del humor feo como remate cargante. Sí, sí, sí: ¡felicidad de revés! El humorista muerto: allí: cabeza que halló almohada final en Ponciano. Cabeza sangrante: ¡no, eso no!: la fidelidad, la comprensión póstuma: ¡no, eso no! Y ahora las consecuencias espantosas: *¿Dónde podemos dejarlo?*, preguntó Ponciano, sobre todo porque la sangre ya estaba en pleno borboteo, además mancharía el asiento delantero del tráiler con gran naturalidad, pero Sixto no contestaba porque estaba pensando que debían encontrar un margen de cuneta o un guardacantón o una rampa. Avance de kilómetros. Búsqueda coyotera, hasta dejarse venir con posma crudeza la respuesta del conductor: *Tenemos que tirar el tráiler a un precipicio junto con el muerto y nosotros huir de inmediato por el monte. Tú hacia el este y yo hacia el oeste.* Ponciano, que estaba en desventaja, dijo: *Es que ya me llené la camisa de sangre. Don Serafín se me recargó y...* Tenía razón, porque dónde conseguir una camisa limpia en esos alrededores. Lo que sí era que debía quitársela cuanto antes... Ah... tal vez en la cajuela del tráiler hallaría una camisa cualquiera, manchada de grasa, pero menos mal, cosa de ver. Por lo pronto, orillar la mole rodante en un tramo alto, para enseguida empujar el tráiler al abismo. Sixto encontró un poco más allá la altura carreteril que deseaba... Luego empujarían el tráiler... ¿Y si pasaba un vehículo o dos en el momento de realizar la acción? Eso sería, desde luego, mala suerte, pero ¡ni modo!, ¡jugársela!

21

2

Resolver con suerte en el ajetreo anónimo más deseado. Los ruidos del azar: acaso secretos o queriendo serlo. Maniobras rápidas madrugadoras. Ponciano encontró una camisa pringosa, de verdad muy, en la cajuela del tráiler: tal pestilencia tenía un radio enorme. Atisbo venturoso, en virtud de que era más resolvedora tal reposición que andar a disgusto luciendo una prenda ensangrentada. Alegría, pues, coronación –tal vez– en esas circunstancias, más cuando arrojó la pistola por ahí. También el tráiler fue despachado al fondo de una cuneta con el señor bailando guango por estar muerto, yendo en la cabina, en picada. Empuje táctico de los dos traileros, en virtud de que el monstruo de vehículo quedó a un tris de un buen desplome a efecto de la ventolera que ya circulaba: las llantas de adelante al filo del bordillo y, lo más bueno o lo más empeorado, el presionar con cuatro manos puestas hasta atrás: ¡ya!, ¡purrum!: lo gacho abajo: así. Sixto no le puso al tráiler el freno de mano.

Y huir: al este un trailero y al oeste el otro, según el plan hecho y dicho al vapor. Pongámosle atención a Ponciano porque era el que traía puesta la camisa pringosa y olía a rayos, quizá por tal motivo decidió desobedecer lo pactado tan deprisa, siendo que ahora se dirigía hacia lo que él consideraba que era el norte: tanteo montaraz difuso. Si se había decidido por el rumbo norteño tenía que esquivar Concepción del Oro, y ver de lejos, a fuerzas (incluso como espejismo), alguna vía del tren: lo óptimo sería dar con la famosísima vía de ferrocarril que va de México a Monterrey. Esa largueza de vislumbre: a saber cuándo aparecería una estación cualquiera. Color creciendo ledo. Asimismo, ¿cuántos kilómetros caminar para sentirse a salvo? Mientras tanto, de algún modo Ponciano sabía acerca de las carencias más obvias por venir: hambre y sed, pero sobre todo agresividad sedienta, insolación a punto. Es que el desierto estaba puesto como un cuero que el sol castigaba siempre. Es que la ausencia de sombras: la nada que fulgura y es apenas: lo poco ya ganando... Y a contracorriente la valentía resignada.

Ahora que, por lo que toca a Sixto Araiza, él partió rumbo al este, la cosa era saber hasta dónde llegaría, si es que de verdad podría vencer a la tamaña vastedad peliaguda. Qué pueblos, qué ranchos diseminados en esa geografía atezada. Si pronto Sixto sería un cadáver más (tal posibilidad), uno de los cuantos que se atreven a enfrentar lo luengo y anchuroso que asesina sin querer. ¡Ándele!, ¡sígale!, ¡gane, si puede!, porque la victoria será sufridora, tal como recibir, al fin y al cabo, un cubetazo de agua helada. Un bruto deseo súbito y reactivo.

Luego aparecieron los temores más simplones de Ponciano en tanto caminaba casi en línea recta, medio orientado... a su manera.

Veamos:

El tráiler que se fue al fondo de la cuneta traía pintado en la cajuela el nombre del negocio de fletes: TRANS-

PORTES EL CARACOL, S. A., luminosas letras azules: abarcadoras en largo: bien chulas. Sólo eso, o sea: un garlito para los indagadores futuros: un problema mediano, comoquiera que se analice.

También muerto el dueño del negocio, muerto con cinco balazos cuyos hoyos evidenciaban la gran chingadera habida. Dar con el mero-mero facilitaría la pesquisa, ¿verdad?

Lo de que Sixto vivía en Sombrerete y Ponciano en Torreón era una premisa que aún necesitaba dilucidarse con cuidado, dado que ningún chofer de la compañía sabía la dirección de ésos, pero, bueno, había en el negocio una secretaria anteojuda (la única mujer) que sí había hecho desde hacía bastantes años los apuntes de rigor en un directorio. La copetoncita tierna, la delgadita pasaderita: cruel habría de ser, por contera. Dato horrendo, tras exteriorizarlo.

Dato eficaz al que se llegaría toda vez que se supiera quiénes habían sido los culpables del asesinato de don Serafín Farías... Pronto, ¡claro!

Y venga el desglose en goteo:

Ponciano Palma: uno.

Sixto Araiza: dos.

Las localizaciones: Torreón y Sombrerete.

La policía.

Días contados.

La cárcel.

La no escapatoria.

Un futuro negro.

Los subterfugios del arrepentimiento... en definitiva.

Vida de encierro... posterior, tristísima.

Y en esa hosca situación: ¿qué proyectar?, ¿qué saber?

Ponciano caminaba medio esperanzado. No obstante, la poquedad se imponía.

Desilusión contra fortaleza: perturbándose, mientras el sol hacía su trabajo en la llanura.

Pasos. Sabiduría: menos, menos...

¿Cuál suerte?

3

General Cepeda: ese pueblo al que por fin... Con salvación o con rescate de sí mismo, después de todo: Ponciano Palma: su ánimo como orgullo, a sabiendas de que ya no le quedaba mucho por vivir de manera liberadora y pacífica; desde luego que aquí se habla de ese mismo que llegó mugroso a ese pueblo arbolado, el cual tenía un clima estupendo. De allí el mugroso se iría a Torreón cuanto antes, bajo la sospecha de que la policía ya había llegado a preguntar por él a su casa de allá, donde su cónyuge gordinflona se quedaría atónita ante la mala nueva. ¡Su esposo... ¿asesino?!, ¡oh, no puede ser!, ¡si él es tan buena gente! Pues sí, pero ya ve que los seres humanos a veces tienen unos cambios bárbaros. Pensar presintiendo lo más sucio de una escena lejana. Pero acá lo real, nada escamoteado, como era que este señor olía tan mal que quienes pasaban a su lado, en General Cepeda, le huían porque ni modo de taparse las narices groseramente demostrando su enojo por lo que se ha dicho arriba y por ende a todas luces se dio la decisión de Ponciano, misma que fue adecuada: ir a la Terminal de Autobuses para comprar un boleto que lo llevara de ipso a su destino conocido, que ya no estaba tan lejos: una hora y media. De hecho, él traía pocos billetes en su cartera como para hacer lo que necesitaba. Lo bueno fue que no hubo «peros» de los empleados autobuseros en lo relativo a que él se subiera a un autobús de segunda clase: uno que hacía un sinfín de paradas, donde por supuesto viajaban rancheros que olían a enchiladas echadas a perder.

Fácil decidirlo. Sólo faltaba llegar a casa y enterarse de lo que suponía, pero las horas en autobús, la carretera recta y asoleada, las tantas reflexiones para alcanzar la paz –desde ese momento– con exhaustiva contundencia. ¿Alcanzar la paz?: una elaboración que requería de un abecé bien concebido. Lo paulatino de las causas y los efectos puntuales... Pero... Lo más satisfactorio sería dormir con algo de desparpajo: para tal encomio Ponciano Palma se acomodaba retorcidamente en su asiento: y: lucha que no, ¡nunca! Entreveros aún, como para entender que las formas del olvido no eran rígidas y se disolvían con rapidez: luego: algo indefinido quedaba, sin remedio. Ahora es preferible adelantar que fue en pleno atardecer cuando ocurrió la llegada a Torreón. Por fortuna, la casa de Ponciano quedaba a tres cuadras de la Estación de Autobuses, así que caminó un medio kilómetro. Pasos lentos. Cansancio. La recompensa sería caer de espaldas en su cama extraordinaria. La suficiencia.

Huelga decir que este trabajador siempre llegó en autobús a Torreón, nunca en su tráiler. Costumbre y sonrisa al respecto; veinticinco años de trabajar con ahínco. ¿Sí? Tosco aguante... para sécula, incluso. Cosa de entrañas.

Pues hete aquí a Ponciano Palma y su llegada a su casa huevito, la cual en buena medida era mitad derrota y mitad sosiego. Una inercia el desplome, a fuerzas ¡hoy!, sobre todo porque una brizna mental empezó a circular para ele-

27

varse después. Valórese el techo como obstáculo y por lo tanto dicha figuración, al parecer, no podía ir más allá, sin embargo esa vez sí hubo un rompimiento. Un síntoma demasiado punzante seguía creciendo, inflándose, complicándose, pero sin reventar, por eso Ponciano trató de no añadirle más aspectos a su ocurrencia, incluso cerró los ojos y se tapó la cara con sus manos callosas a modo de detener lo que aún tenía largueza. Mejor, entonces, lo blanco inexplicable, un estancamiento que parecía anguloso en exceso, y nimio para colmo. Pero prefirió dejar inmodificable esa ambigüedad para dar paso a lo que de veras importaba: la otra llegada, la de la esposa trabajadora, llamada Irma Belén, la señora imponente –por gorda– que venía cansadísima, la misma que no le dio ninguna noticia ni desagradable ni agradable y que también tenía ganas de un buen desplome en la cama matrimonial, idea que profirió de modo subconsciente: *Hoy más que nunca se me antoja caerme de espaldas en el colchón,* así que: ¡bienvenida! Ponciano pudo carcajearse pero se contuvo, sólo emitió un leve pujido que no sonó impertinente: y la resulta –el cuadro inamovible– era que los dos ya estaban acostados boca arriba, tal vez agradeciéndole a Dios por estar con una sobrada placidez real, por fin.

Sin embargo, la pestilencia: lo notorio. Ponciano no tuvo siquiera el tino de cambiarse la camisa manchada ni de darse un baño a fondo, por lo cual la esposa, enojada, le ordenó lo que ya se supone: cambio total, empezando por una enjabonadura de esas donde casi se consume la barra de jabón: ¡entendido!, amén de la ropa limpia: ¡sí, eso!, y la obediencia del recién llegado se dio cuanto antes.

Después la tranquilidad y el agrado: ahora sí en acueste: esposo y esposa inanes, aunque, desde luego, medio queriéndose. Esa posición de ambos fue la ideal para que pasados unos treinta segundos Ponciano se atreviera a explayarse, pero el titubeo, como si algunas palabras a la zaga empujaran a otras tantas delanteras, sin logro; como si todas a fin de cuentas salieran de un atolladero.

–Tengo que decirte algo que he estado pensando en los últimos meses, algo que me trae loco, pero que desde luego será muy bueno para mí.

–Dime.

–Mi amor... ¡Ya no quiero trabajar!

Fue un descanso decir eso, también un desenfado que le hizo sentirse orgulloso.

–¿Qué estás diciendo?

–Lo que oyes: ¡ya no quiero trabajar!

–Estás bromeando.

–No, lo que te digo es en serio, incluso estoy dispuesto a asumir las peores consecuencias.

–¡Qué diablos tienes!, ¡quién te metió en la cabeza esa enorme pendejada!

–¡Pues me vale un comino lo que pienses!, ¡desde el lunes me quedaré en casa!, ¡quiero disfrutar de la vida a mi modo! Tengo veinticinco años de trabajar como un burro y ya me cansé. De nada ha servido todo mi esfuerzo. ¡Estamos igual que cuando nos casamos y me horroriza pensar que seguiremos así! ¡Ya quiero saber que algo nos caerá del cielo, si no mejor la muerte!

–¿La muerte?, ¿ésa es tu solución?

–Últimamente sí, porque no me gusta la vida que tenemos. A ver si con no hacer nada Dios nos ayuda, yo tengo confianza en que sí, hay que creer en los milagros... Durante muchos años ya hemos pagado un precio muy alto... Ya nos toca ver...

Ahora ahí había una metáfora de la convivencia, y una trama que perfilaba desventuras. Irma Belén no podía sino sentir una descarga de malas sombras, misma que, de proponérselo, habría de revoltear más adelante. Mientras tanto: paciencia, paciencia, mudez, carácter –así entender: resignarse– y por vencimiento más de eso, cual inmersión en un afecto que continuaba punteando... Así: respiración profunda: más, más, más: para apreciar el valor de un efecto a partir de una causa desconocida. Olvido. Indiferencia. Lo inexplicable tiene como base la abulia y el desdén. Una palabra más agrega poco, pero muchas tampoco ayudan a dilucidar alguna concreción. Ponciano siguió hablando, en tanto que su esposa no dijo ni pío. Ponciano y su perorata desenvuelta, irracional como un oleaje irrefrenable que anunciaba la llegada de quién sabe qué, dado que en desorden soltaba razones que estaban apoyadas en teorías ñoñas. Un principio de huracán fierabrás cuya velocidad aumentaba. Palabrerío: intensidad: locura. En medio de todo ese ímpetu los carraspeos de Irma Belén eran visos imprudentes. En tal decurso verbal Ponciano mencionó que también su mujer gorda podía hacer lo mismo que él: la flojera sabihonda, pero ella se rió muy deleitosa porque no estaba de acuerdo, y él, con más potencia, siguió soltando toda la porquería que traía adentro, lo reprimido haciendo las veces de desahogo vomitivo, lo bueno fue que ya no, ya el freno... Tenía que ser... Después de casi media hora de soltura asaz colorida, Ponciano dijo saber que no trabajar le costaría dinero. Por ende: reconoció un problema muy próximo, muy crudo, de suyo, porque le hizo callarse en definitiva.

Era jueves.

Y la policía ¿qué? Lo inconfesable, por supuesto. La orden de aprehensión... El día menos pensado llegaría una patrulla, tal vez varias, con la sirena encendida.

Luego Irma Belén le preguntó que por qué tanta suciedad. Tanta grasa, ¿eh?, a qué se debía. Bueno, el marido se sacó de la manga un enlabio como el siguiente: que a causa de que el tráiler se había descompuesto, hubo trabajo de arrastre, suelo –pues– y el embarradero inevitable durante largo rato, allá en Saltillo, y venirse manchado penosamente en autobús: un lío que para qué detallarlo. La mayoría de las veces las reparaciones mecánicas ensucian, no habiendo la más mínima posibilidad de salir del problema con una limpieza más o menos presentable. Pareciera que los aceites brotan por todas partes, por lo cual lo del baño había sido tan pertinente. Pero he aquí una particularidad notoria, como una chispa vistosa, que Irma Belén dedujo en última instancia: esto es: el equipaje de su marido, porque no hubo ni una sola vez que él saliera de viaje sin su maleta. Al respecto Ponciano dijo que la maleta la había olvidado en un motel quizá, pero que no se acordaba de cuál era de entre tantos. A cualquiera le pasa. Los olvidos son comunes y corrientes, lo que ya de retache exhibía que aquélla no podía ser una excusa tan creíble, pero sí perdonable. Lo importante –de resultas– tuvo que ser lo otro: el baño, ese resultado.

El barrio donde vivían estos esposos era reducido: sólo tres manzanas populosas y casi todas las personas se conocían. Todas, también, trabajaban fuera de allí: en equis fábricas, oficinas burocráticas, cuéntense además comercios formales e informales u otras actividades que a saber. Sea lo que fuere, las privaciones campeaban como un sinfín. Sea que latía la amenaza de lo peor: cual negra noción de terror (siempre). Y en cuanto a Ponciano Palma: él aún se sentía trailero mientras que Irma Belén fungía como locataria de un expendio (no muy céntrico) de lotería. Para bien o para mal ellos habían librado filosóficamente el brete de tener hijos. ¡Al diablo los lloros bebitos!, y de ahí

31

se enfila el abrigo, la escuela, el socorro y el dale que dale de las responsabilidades: ¡eso jamás!

Pero el aburrimiento postrero... La consecuencia.

De todos modos, tanto estos esposos como la ralea del barrio podía ser cualquier cosa menos letrada, es decir, gente que estaba muy distante de la literatura, amén de muchos regustos que no tiene caso pensar siquiera. Pero también al decir lo dicho lo que realmente salía a flote tendrían que ser las acciones inmodificables durante el curso de la semana: salida en montón de hombres y mujeres rumbo a sus trabajos, casi al alba. Asimismo: niños con mochilas. Un torrente animoso que por lo general regresaba descaído entre las siete y ocho pe eme (al igual que el niñerío); ahora que, visto al bies, Ponciano representaba la excepción más tajante, debido a su ausencia sistemática: los viajes laborales de modo regular. También Irma Belén, debido a que, al no tener hijos, se ostentaba como dueña de su tiempo. Sus horarios a capricho: una ventaja... Se puede decir que lo flexible no degeneraba en lo arbitrario, y la rigidez no era un concepto que aplastara a ninguno de ellos. Sólo esmero responsable, pero nunca delirio en aras de una ambición. Cierto que ella y él, por sólo ocuparse de sí mismos, no descuidaban lo amoroso cumplidor, de tal suerte que cada vez que se veían, después de varios días de no verse: ah: el saludo con beso severo, de pura trompa, simplón, más o menos como un sopapo tierno húmedo, quiérase por meros modales, trasunto al que no era fácil encontrarle una explicación concreta.

Años de eso –se repite–, con alguna infeliz variación, por lo que respecta a los hábitos de estos dos. Lo conveniente es colar, de una vez, el cambiazo que hubo, tan drástico: la no salida de Ponciano (equipaje al hombro) a su trabajo de trailero en contraste con la salida alebrestada

32

de Irma Belén... Es que en los últimos días ella caminaba por la calle como que haciéndose hartas ilusiones, pero esa vez no... es que su enojo, su hablar a solas; es que esa vez iba haciendo ademanes a lo loco, más en lo alto que en lo bajo.

Ponciano: villano. Ya tenía una pingüe suma de días alimentando su necedad a favor de la flojera, una dejadez densísima que se engrosaba con argumentos más y más jalados de los pelos. De ahí que las discusiones entre esposa y esposo fueran adquiriendo volumen, al grado de ser escuchadas –al paso, eso sí, someramente, desde luego– por vecinos fisgones (pocos, ¡claro!). Frases al garete: estrambóticas... y ¿oírlas? Nadie lo hacía, dada la urgencia de llegar a tiempo a... Pero no faltó quien sí, por azar o sólo por ir con apuro por la banqueta donde estaba la casa huevito de esos señores sin hijos: que si pegar la oreja, por espacio de un medio minuto, en la reja del jardincito frontal simbólico y hacer un esfuerzo: aunque: demasiada indiscreción, además, cuéntese que la única recámara de la casa se encontraba hasta el fondo de la misma y pues no, sólo el rumor desarticulado se evidenciaba, furibundo: sólo en los últimos días. Y, ciertamente, ninguna claridad, siquiera una frase; ninguna revelación mínima para nadie... Es que se suponía que él estaba embutido dentro de su casa. De hecho, se suponía, también, que esa relación añosa se encontraba en pésimo estado.

Bastaba con dilucidar estas cosas que vienen:

Que se golpeaban primero en la noche y luego al amanecer... ¡Oh!... Pero sin que hubiera sangre ni moretones.

Que Ponciano estaba muy enfermo o que se había vuelto loco porque de la noche a la mañana había adquirido un montón de ideas disparatadas... Pues que las adquiriera y punto.

Que al pelearse ambos se hacían llaves de lucha libre y que la vencedora era Irma Belén por ser más fuerte o más gorda, siendo que Ponciano siempre había sido un personaje chupado... Pues que ganara el que tuviera más técnica para aplicar llaves.

A fin de cuentas se imponía la indiferencia total citadina, en virtud de que la curiosidad circundante nunca llegó a mayores. Nadie le hacía preguntas a la gordinflas ni cuando sus idas ni cuando sus venidas por la calle. Ahora bien, hay que mencionar los fines de semana. Lo real era que ninguno de los dos salía de casa. Embutidos: por supuesto: ¿practicando su odio a base de golpes, de revolcadas luchadoras?... Tales conjeturas... La casita de ellos se volvió silenciosa. Pocos ruidos, sin embargo. Pasos espaciados. Misterio. La verdad se supo cuando, el segundo sábado de inopia, en la madrugada alguien lampareó a Irma Belén cuando salía de su casa, esa misma persona también la lampareó cuando la gorda estuvo de regreso en la madrugada del lunes. Regreso espichado, meditabundo, ¿de dónde?, ¡sepa!, porque veamos, la gente vecina (cercana), que conocía a esa adulta desde tiempo ha, estaba enterada (a medias) de que era huérfana desde que tenía entre los trece y quince años, así que ir con sus padres: ¡no!, descartado, pero el descarte no podía abarcar a parientes en primero o segundo grado. Lo que sí que a ese matrimonio sui géneris no lo visitaba nadie. Al parecer su aislamiento fue siempre buscado.

Cosa de sustrato amoroso: vitalicio, macizo.

Y la crítica –bastante tímida, eso sí– empezó a crecer en esa calle. El crecimiento se explica de este modo: primero como cotilleo exclusivo de dos amigas de Irma Belén, dos amigas que muy a veces sí, esto es: cercanas, pero sin tanto arrimo. De ahí el runrún se extendió, sin ser abarcador de todo el barrio.

Llegó el momento en que una de las amigas tuvo la audacia de confrontar a Irma Belén, para desasnarse, ¡pues! Fue una vez que la misteriosa gordinflas salió rumbo a su trabajo: a temprana hora. Y frontalmente la intercepción. Así el freno, la urgencia de la pregunta comprometedora, a bien de obtener una respuesta del mismo nivel y:

–¿Cómo estás? Desde hace unas semanas no hemos visto a tu marido.

–Justo desde hace unas semanas mi marido ya no vive en mi casa. Se fue quién sabe adónde.

Con esa información a medias la inventiva femenina giraría y subiría, pero no por mucho tiempo. Se dice aquí que a medias debido a que por el hecho de que las dos o tres amigas de Irma Belén estuvieran confundidas fue porque dos o tres veces vieron que Ponciano salía de su casa, de preferencia al anochecer, de la misma manera que lo veían meterse a su casa huevito, esa de renta congelada, como muchas de ahí. Los regresos de este señor eran bien nocturnos.

De todos esos días de desacuerdo entre los esposos, hubo tres en los que cada cosa que le decía Ponciano a su gorda significaba una suerte de viraje hacia un nuevo horizonte. Háblese de una serie de disciplinas autoimpuestas y proferidas con donaire. Lo primero dicho fue lo referente a no salir de la habitación, sólo al baño, pero ni a la cocina, y de hacerlo, pues tenía que ser bastante agachado, con lentitud afásica, pasitamente, y así sus progresos en vías de una perfección, como si capitulara todo el tramo de ida y vuelta. Y ahora veamos el segundo aspecto contemplado desde un solo ángulo: Ponciano trataba de no comer nada durante el día, o bien: hasta que viniera Irma Belén. Aguante. Renuncia. Carácter de chupado con ganas de estar más chupado, sólo que en tal sentido la gorda se compadeció de quien había sido el amor de su vida, aunque ahora le pareciera algo repulsivo. Se debe apreciar, por consiguiente, la acción a la inversa por parte de ella, dejarle comida (no muy elaborada) en la recámara. Para el caso, hay que hacer un pequeño recuento: tortas y más tortas; quesadillas, para variar; ensaladas furris, jocoque, fruta: todo esto último como estrategia frugal saludable o lo justo para un inapetente. Y ella reflexionaba con la mira de hallar buenas maneras. Acostada mirando al techo: *Tengo que consentirlo como si fuera mi hijo, ¡sí, tengo que hacerlo!, aun cuando ya no lo quiera como antes.* O: *Espero que se arrepienta de su idiotez, sólo que no sé qué pretexto inventará cuando regrese a su trabajo de trailero.* O: *Estoy segura que no falta mucho para que entre en razón.* O: *La cosa es que si sigue con su terquedad no sé qué voy a hacer.* O el empeoramiento vencido: *Yo no quiero separarme. A mi edad sería terrible. Prefiero ser cobarde, pero bien inteligente.* Y nada estaba cambiando. La brega era la misma, como un aplastamiento sutil, efectivo.

Los esposos seguían durmiendo en su cama matrimonial, pero no se tocaban, ni siquiera un agarre levísimo de manos con mínimas ganas de travesura; sus respiraciones nada anunciaban, más bien discurrían como un crepitar constante. Dos tonos distintos: contrapunteados: bronco uno y grave el otro. La cosa es que jamás a la señora se le ocurrió cuestionar la necedad exagerada de Ponciano, acaso por el temor de que él le dijera algo ofensivo que la obligara a tomar una determinación harto tajante, como ser la quiebra sentimental irremediable.

Sin embargo, al cabo de cuatro o cinco semanas de vivir lo que vivían, Ponciano tuvo una idea dislocada:

—Puedes decirle a todas tus amigas vecinas que yo ya me morí.

—¿Cómo?

—Si quieres cuelga un moño negro en la entrada de la casa, como señal de luto, y dile a quien te pregunte que huí de la casa y que me morí lejos, que allá por el sur del país viajaba en un autobús de segunda clase, mismo que se volcó en una cuneta horrible, ¡sí, di eso!: que había un abismo bien profundo y que no hubo ningún sobreviviente. ¡Así de gacho dilo!

—Pero estás vivo.

—Sí, ¡claro! Mi propósito es esconderme aquí en la recámara y arrastrarme como serpiente si quiero ir al baño o a la cocina. Tú, mientras tanto, puedes decirles a los vecinos que me fui de casa y si siguen preguntando puedes decirles que allá por el sur del país me morí en un accidente.

—Pero ¿adónde quieres llegar? Recuerda que respeté tu decisión de que no fueras a trabajar y la seguiré respetando. Pero eso de que te moriste, mmm... Debes saber que si te quedas aquí o si te largas, muy pronto te aburrirás de no hacer nada provechoso.

—Te juro que no me aburriré.

—Y cuando falte el dinero en casa ¿qué harás? Sabes que yo gano mucho menos que tú.

—Pronto me iré. Es algo que he venido pensando con detenimiento. No me costará gran cosa decidirme.

—¿Y adónde te irás?

—Lejos.

—No entiendo ni jota. Yo no te he hecho nada.

—Quiero encontrar una manera agradable de quitarme la vida. Un suicidio gozoso.

—Pero...

—No intentes darme consejos.

—Está sucediendo lo que ya sospechaba. Creo que ya no me quieres, ésa es la verdad.

Sí, afloró lo sentimental, como si pinchara hartas veces de adentro hacia afuera. Tenía que ser.

–Mira, Irma. Quiero sentirme solo. Quiero olvidarme de esta realidad espantosa que he vivido durante muchos años. Si me doy cuenta que no puedo enfrentar algo diferente, entonces regreso.

–Pero ahora mismo me has dicho que te quieres morir.

–Primero necesito estar solo, evadirme por completo, y luego tomar la decisión conveniente.

–¿Y yo?

–Haz lo que quieras.

–Te juro que no entiendo nada, pero tampoco te voy a detener. Ahora tendré que hacerme a la idea de que viviré sin ti.

–Sí, en efecto, mañana, o a más tardar pasado mañana, me iré. Ya estuvo. Mientras tanto, voy a dormirme sin cobijas en el sillón de la sala.

–¡Qué drástico eres!, yo todavía te quiero... Espero que recapacites.

–Si me quieres debes entender que necesito estar solo, ¡solo!, tal vez la soledad me ayude a aclarar lo que quiero. ¡Déjame explorar lo que intuyo!, ¡por favor!

–Hazlo, ¡es tu vida!

Ahora sí se puede dilucidar por qué los esposos durmieron por separado.

Ardientes soledades dispuestas a pensar bastante. Tanta composición que podía endurecerse tras volverse verídica. Aun en lo oscuro, Ponciano avanzaba a rastras al baño (ideoso, travieso). Lo prometido. Quería asumirse como serpiente calculadora, no fuera la de malas que si de pronto le daba la gana ponerse de pie, alguien viera su sombra desde la calle. La ventana de la sala tenía suficiente amplitud.

Otro aspecto, cuando al chupado le daba por arrastrarse, pensaba en la policía, en el arresto, incluso supuso que la cárcel sería una especie de salvación. Sí, salvación entre cuatro paredes.

Cierta vez, al filo de las cuatro de la mañana, Ponciano no pudo aguantarse: adrede quiso ir a despertar a su esposa para decirle algo como esto: *Si algún día vuelvo contigo, quiero verte delgada como cuando te conocí.* Decir lo que dijo fue curativo. Ella se hizo la desentendida porque no se reacomodó siquiera un poco. Su acueste siguió boca abajo. Incluso cuando estaba por llegar la luz del día, Irma Belén tuvo la táctica de salir de la casa sin hacer ruido. De paso vio a Ponciano súpito –en acueste ladeado sobre un sillón no muy cómodo–, ignorante de lo más obvio. Y la gordinflas aceleró sus pasos rumbo a su encantamiento laboral. Supuestamente quería expurgar sus emociones avanzando con valentía. La intemperie hacía las veces de una cápsula enorme, regocijante, asaz poseedora de un frío simpático que alegraba a muchos. Sonriente, la gordinflas abordó su camión de ruta, tuvo la fortuna de encontrar un asiento vacío contiguo a la ventanilla. Y viajó pensando en un sinfín de cosas bonitas. Lo contrastante fue el síntoma de contravención que tuvo Ponciano al despertar medio confundido: puro escrutinio a lo tonto, un derredor que se desvanecía, desolación redundante acorde con el presentimiento de que algo muy falaz llegaba a su fin. Por ende: la acción, a modo de estremecimiento. Salir sin maleta. ¿La urgencia? Ponciano se acordó de su tesoro: en el techo de su casa, debajo del tinaco, había escondido hacía más de un mes una cajita de latón donde, todavía envueltos en plástico, había varios billetes de cien pesos que ojalá estuvieran frescos, intactos. Entonces: ¡ya!: subió por la escalera de caracol y... Sí, a pedir de boca su deseo, puesto que ni la lluvia ni el viento... etcétera... sin embargo: aún parecía una ficción la evidencia aquella.

Salir, pues, sabiéndose protegido por su dinero que no metió en la cartera sino que lo trajo consigo tal cual. Por fortuna la bolsa de plástico no era transparente. Y ahora sí el aire nuevo y el fuelle gustoso de caminar sin rumbo. Hay que decir que eran como las once de la mañana, con lo que se dilucida que el barrio estaba casi vacío, ni quién viera al susodicho retirarse ufano. Por lo que el engaño... faltaba la contraparte mirona para trincarse. Mal que bien, lo sabido ya se había desplegado: que él andaba muy lejos, en un ámbito desolado. Y mientras tanto... la tranquilidad de ir sintiéndose no visto... Toda una certeza... Entonces acompañemos a Ponciano en su caminar dubitativo: pasos que acumulaban imaginación: salir con parsimonia de la ciudad, el campo sería un fruto gigantesco con muestra ostensible de rebanadas (capas sobre capas delgadas, bien duras), pero... La planicie escogida podía ser una norteña –lo norteño concreto de allí: por no tener montañas estorbosas–, a bien de seguir caminando a la vez que recreando su mente con juegos nada convencionales. Cuasi reconcomio. Sin embargo, el miedo, como privación o –si se quiere– como brida, andaba merodeando. No había un para qué caminar al tanteo. Y –¡sí!– pasos más lentos al cabo de haber avanzado seis kilómetros: cruce o recorrido incompleto de bulevares de todo tipo, así como ciertos barrios relativamente peligrosos que, bueno, al ya ir este hombre dejando la ciudad atrás, todavía a las afueras encontró pizzerías y hamburgueserías fulgurantes, pero cuando ya estaba internándose en el monte, es decir, no yendo por la orilla de la carretera, sino sabiéndose en lo mero baldío, según él, bastante atractivo, pues, ¡uf!, se acordó de su amigo Sixto Araiza, su compañero de trabajo, el otro asesino que probablemente se había extraviado en el desierto. La desorientación y el hambre, la muerte como síntesis y como lo que es –se quiera o no–: un alivio; sólo que también cabía la posibilidad de que Sixto hubiera regresado a Sombrerete. Recuerdo ostentoso, tanto, que hasta adquirió un tono azul marino, ya que su amigo fue partícipe en... Pronto el desdibujo, siendo que a Ponciano le convenía saberse a la deriva de una vez por todas: que el presente se ampliara... con luz difuminada...

Criterio de aventurero primerizo.

Bueno, lo más conveniente es que dejemos a Ponciano en absoluta perplejidad contemplativa, ya que así se quedaría durante buen rato reordenando su desorden subjetivo. Entonces, mejor, hay que regresar al barrio como si hubiera un desplazamiento de reversa con cierta premura. Pronto percibir lo solitario a pleno sol, lo apático por ausencia de personas, así –¿eh?– nada más lo inmueble –vasto– saturado de colores... A lo que vamos es a que Irma Belén regresó a su casa como a eso de las dos y media de la tarde. En realidad no había ido a trabajar, más bien tuvo la osadía de agasajarse con un desayuno acorde con el tamaño de su gordura (lo muchísimo siempre a un tris de no ser) en un restaurante parecido al Sanborns, uno que estaba en el centro de esa urbe mediana. Aquello fue una excepción de excepciones: capricho medio payaso que quería ser grande, dado que implicaba un prurito antojadizo que, viéndolo de otra manera: sí, sí, cerró su expendio de lotería para... La suficiencia, pues, para honrarse a sí misma. O sea que se puede afirmar que fue apremiante darse una licencia cuya holgura terminó por generar interioridades pazguatas: una displicencia obesa, un tragar y al unísono leer el periódico del día (comprado allí mismo), amén de una revista huera de moda (comprada allí mismo): ¿por qué?, pese a que no eran asuntos tan suyos. Y tomarse todo el tiempo para reacomodar lo mínimo de su relación con aquel flojo repentino, el susodicho que se iba a esfumar para posteriormente morir a su antojo... Pero lo contrario era lo inmediato: unos chilaquiles verdes sin crema y sin gratinar; con queso fresco esparcido (lo que pidió): ¡eso sí!, y café y bolillos tostados con unto de mantequilla. Antes el jugo de toronja y una orden chingona de melón: ¡vida a placer! Por lo tanto el regreso desvergonzado a su casa...

Fue un regreso triunfal en taxi, lo que nunca, pero ahora con ganas de empecinarse en lo que creía bien ganado: la coba a sí misma: como a contracorriente de su gran pena... Toda vez que hubo recorrido sala, comedor, cocina, baño y recámara, tuvo la sensación de que estaba en el fondo de un abismo, ciertamente un abismo amueblado, pero... el surgimiento de un fantasma por ahí entre los enseres, siendo que a falta del marido ¿qué reemplazo... siquiera etéreo? Otra espiritualidad abarcadora... Y qué hostilidad naciente... Si en esos pareceres andaba la gordinflas seguro que cometería un error mayúsculo, ya que en cualquier momento podría venir Ponciano y... Lo irreal, entonces, se antojaba así: que siempre no, que mejor me quedo aquí, ¿cómo la ves?... pues no, lo difícil crece al triple (un supuesto). Y eso de la muerte como solución... tampoco. Sería más ventajosa la rutina, el amoldamiento a lo reconocido desde muchos años atrás. Lo probable: la aparición no fantasmal a medianoche...

Aunque cueste trabajo creer así nomás, Irma Belén se puso a rezar como una fanática, no había en su casita ninguna imagen de santos ni de vírgenes, pero la religiosidad horadaba como si se tratara de un hormigueo que circulaba por todo su cuerpo. De hecho, comenzó con lentitud un ruego mixtificado. Irma Belén le suplicaba al techo –mirándolo ansiosa– porque suponía que allí estaba Dios: allí su asomo, allí su larga cabellera. Entre tantas cosas que se inmiscuyeron en su petición había algo tan puntual como esto: *Dios mío, te pido que si regresa Ponciano que lo haga pronto y que venga normal, como fue siempre, con ganas de trabajar, ¡ojalá! Te pido también que le quites esas ideas amargas que trae y que lo hacen parecer más loco que una cabra.* La mujer continuó con su demanda reiterativa, cada vez más liviana, a bien de que Dios tomara cartas en el asunto sin mayor problema, en particular en lo referente al regreso de aquél ahora mismo o a más tardar mañana. Ágil favoritismo, pese a que la súplica provenía de una hereje. Pero en tal sentido hay que decir algo distinto: que, por ser un despropósito ese rezo impío, el Dios del techo decretara un regaño para la gorda desvergonzada, regaño que se consolidó después de transcurrir dos días completos. Nunca la aparición de Ponciano. No se dio el efecto. Comprobación a ultranza, así que Irma Belén recordó lo que le había pedido su amorcito antes de irse: que colgara en la puerta de su casa un moño negro. Forma de matar lo más amado con una elegancia que debía funcionar como luto a derechas. De una vez.

A manera de adelanto hay que apreciar la movilidad que tuvo esa ideosa en cuanto a sentirse una viuda de pies a cabeza: de una vez (también) dar por muerto a Ponciano para ya toparse con la solución ideal, rápida y exaltada; así que en sincronía con la búsqueda del listón para hacer el moño luctuoso, amén del esmero propio de la hechura que a saber cuánto tiempo le llevaría concluir, la gordinflas habría de inventar una historia convincente acerca de la muerte de quien hubo decidido irse al sur del país a visitar a su único hermano. He aquí el comienzo de la mentira: dicho hermano era un hombre de la tercera edad que se encontraba hospitalizado, en terapia intensiva, un fulano invadido de cáncer, o algo así, la cosa fue que al ir Ponciano lejísimos en un autobús de segunda clase, de pronto ¡pácatelas!: el accidente, un cambiazo, vil destino: la volcadura tremebunda del vehículo que al impactarse allá en el fondo de un abismo, pues ¡imagínense!, además nadie –ni de chiste– podía mirar (muy al tanteo) la hondura del abismo, lo notorio, por lo tanto, fue la bola de hilachos del fuego grosero cuyo humo caótico fue subiendo, una circularidad monstruosa que calcinó a la porrada de pasajeros con tal llaneza que bendita la hora, porque no se oyeron gritos ardorosos de los tantos sufridores. Cierto que todo pasó en menos de diez minutos.

Cada detalle... cuidarlo. No equivocarse, puesto que, de fallar mínimamente, ¿cuál sería el lío venidero? Bueno, lo que sí hay que decir ahora es que Irma Belén no tardó en encontrar el listón deseado. Por ahí cerca de su expendio había unas tres o cuatro boneterías, bien surtidas: hasta eso; de modo que no hubo tardanza. Compra vespertina. Diligencia en correntía. Un episodio que concluyó en un pispás, siendo que lo largo de todo esto ocurrió en su casa huevito, más nocturno que vespertino. Pensar y hacer. Varios intentos. Moño perfecto. Historia perfecta... Cada detalle... Tenía que aprenderse de memoria todo el batiburrillo de la volcadura autobusera y la quemazón que no dejó siquiera que alguien quedara con vida. Cierto que hubo un moribundo: con muchas pero leves contusiones y quemado a medias, un sobreviviente con un éxito muy ladeado, es decir, también a medias, alguien que se arrastró por encima del regadío de muertos porque le faltaba un brazo. Es que su brazo desprendido estaba a unos veinte metros de distancia, lo reconoció por tener la tela de su

44

camisa crema con rayas rojas, pues ahora sí que emprendió la arrastrada con pavor y llanto, puesto que su anhelo era unir su cuerpo a su brazo extraviado... y... por más que luchó no pudo cumplir su deseo. La conexión ¡no! La muerte antes. Toda una exasperación final. O sea que este sobreviviente ya no sobrevivió, sino que terminó por ser parte del regadío de muertos. Aunque un muerto diferente: por quedar mutilado para siempre. Esta historia aleatoria sería útil soltarla con cierto escrúpulo, si es que hubiera necesidad de coronar lo de por sí espantoso del accidente. Un poco más de insidia en la narración de viva voz. Hacer creíble lo siniestro: sin quejumbre, sin asombro: sería el reto. Y en tal sentido veamos ahora la anchura del temperamento de Irma Belén: téngase que al hacer el moño no lloró, tampoco lloraría cuando lo colocara en lo más alto de la puerta de entrada. Escenografía distinta ¡ya! Noche. Seriedad. Aguante sabio. Mitomanía.

Sístole casi lenta el arduo engorro porque anduvo buscando una escalera, una plegable, pero no la halló, ¿cómo?, tal vez Ponciano la había vendido. Entonces una silla alta –la más–: ¡por fin! Y la frialdad de poner aquello nocturnamente. Ya el lapso difícil, pues siendo algo corto se hizo bien largo. Y lo otro: lo mecánico, como si siendo severa consigo misma la señora ahuyentara todo tipo de sentimientos. Ni una lágrima valiosa. Más bien sentir que todo cuanto hizo aquella vez fue como estar con cara de nostalgia contemplando un lago apenas extenso y sugerente. Emoción que se atrasa. Agua que da avisos discretos: sucesos de transparencia movediza, blanduras que pelean.

¿Y si volvía Ponciano de repente? Quizás no era el momento de colgar ese moño, aun cuando la señora daba por hecho que algunos vecinos ya la habían visto hacer lo que hizo desde quién sabe qué recovecos. Nunca faltan ojos fisgones y caras veladas, pero lo particular, lo tan primitivo de su extravagancia, lo que ella de tajo se adjudicó, como ser también la contundencia de matar mentalmente al amor de su vida, de tal suerte que si ese marido voluntarioso regresaba a casa, por la sencilla razón de que en un lapso de cuarenta y ocho horas se hubiera percatado de lo peliagudo que era el puro merodeo, pues nomás no lo aceptaría. Entonces un fantasma, o un demonio, o un apestoso: ¡fuera! La expulsión perturbada por la resignación y sus efectos, todo tan imbricado que para qué enumerar... Colgadura efectiva... Noticia para sí misma abultándose cual masa hacia un interior que atrae gorduras... Así que luego de ver el moño negro como orla culminante de algo que se había ido, Irma Belén entró a su casa y apagó todas las luces. Oscuridad y aprendizaje: ahora sí esa dualidad. Esa noción de parábola cuya moraleja estribaba en saber que la vida tenía capítulos extenuantes y que éste fue el más largo de todos. Años de unión redundante cuyo punto final aún era ambiguo, porque... ¿hasta aquí?, ¿ya? Faltaban las lágrimas de ella: fueron pocas. Fueron cuando la gorda estaba acostada en su cama matrimonial, a poco percatándose de que de allí en adelante podía dormir a sus anchas. Su placer solitario pretendía hallar una moldura nueva: tal recomienzo... apenas. Y otros encomios y otros misterios concretos... A ver qué ocurría mañana cuando amaneciera.

4

Insomnio: lo previsible: ideas que se tropiezan y no ganan letargo, más bien hay jugueteo: algo que adquiere trama y simetría para luego crecer sin detenerse... Y entonces lo del símbolo del moño: lo casual, mal que bien... Fue un apresuramiento... E ir a quitar aquello... Aún estaba a tiempo: Irma Belén: sus miedos, sus rebajos.

Fue. Es que sus pensamientos seguían trazando formas que no tenían adónde hallar un límite, por lo cual —ahora sí— mejor se decidió a desobedecer a quien seguramente aún estaba vivo. El moño negro: ¡no!, e inclusive quitarlo con fruncida de boca. A medianoche lo hizo. Irma Belén pensó que su esposo chupado continuaba campante haciendo sus trabajos de mudanza y que el hecho de darse a la flojera, ¡para siempre!, escondía un plan con maña. Seguían los pensamientos de la gorda en sentido contrario; ahora que, si se quiere asentar un pormenor absurdo, bien se podría decir que la insolencia actuaba contra ella (muy de golpe), mientras deshacía el moño y guardaba el listón para otra vez. De hecho, Irma Belén ya no pudo dormir siquiera diez minutos. Sus ideas escurrían de grado en grado hasta hacerse un goteo tan despacioso que llegó a exasperarla horas después: cuando la luz del día ya había entrado en su casa... ¡por la parte de atrás!... ¿cómo?... y... ¡ni hablar!, a ponerse en acción.

Salió... caminando... ufana.

Nadie... se... le... atravesó.

Al parecer nadie había observado lo de la colocación del moño y mucho menos la manera de arrepentimiento posterior: lo rápido ocurrido a medianoche. La facilidad de quitar la tal orla luctuosa.

Nadie, o ¿sí?

Bueno, nadie indiscreto (ni señoras ni señores que hicieran preguntas). Sea: la evidencia inmediata. Con eso hay que quedarse, como se quedó Irma Belén al salir a la calle pensando buenamente en su futuro.

Por lo pronto, fue de nuevo al restaurante tipo Sanborns. Una solución ideal para atenuar su incertidumbre era atascarse de comida. Más. Más. Oh glotonería, oh mundos. A ver si así hallaba a la postre un buen encomio.

En tanto Ponciano... No es difícil imaginar que días antes se entretenía haciéndose pato. Horas de inopia. Ideas incompletas que se estrellaban contra el suelo. Sentado en una banqueta, Ponciano veía en lontananza un horizonte anaranjado, deseaba engañarse por completo. Inútil salir de la ciudad así nomás, inútil quedarse sin luchar siquiera lo poco adecuado, pero inútil también arrepentirse y dar pasos hacia lo que de antemano reconocía como un tranquilo hundimiento, esto es: su casa huevito, resultado de un esfuerzo de años sin desmayo y de un sinfín de trabas en fila para el logro de la renta congelada y, bueno, lo que sería un ahogo a medias de por vida: ¡allá!, lo rutinario como embozo cada vez más camuflado: trabajo, imposturas de amor, viajes, fastidio, nada, pues, solucionador de verdad: lo mediano sobre lo mediano o todo lo contrario sin contrariedades que pudieran disgustar. También pensó que al matar a don Serafín Farías no había ganado nada. Sólo la venganza, misma que siendo gigantesca se había redondeado, pero dinero ¿cuál? Fue un trabajo bruto, premeditado, pero sin utilidad que sirviera: ahora estaba más amolado que antes, por ser ahora un asesino. Y Sixto Araiza igualmente. Y nadie que diera la cara por ellos frente a lo que se vendría. Error, pues, del tamaño del mundo, pero recompensa espiritual también de ese tamaño. Aunque ¿la culpa... cómo afrontarla?... Culpa de sangre... Culpa de ceguera... Culpa de un caos mental... Mejor el olvido, la inopia baldía... Y, mientras tanto, ¿qué? Cuando este señor caminaba de aquí para allá avistó a lo lejos un partido de futbol llanero, desarrollado, de plano, a las dos de la tarde: ¿ir a ver?, desde luego que aquel juego, donde mal que bien se formaban pequeñas tolvaneras de polvo, necesitaba por lo menos de un espectador, un testigo entusiasmado. Reto para él –entonces–. Si se dirigía rumbo a ese ámbito futbolero podía matar el tiempo de manera simpática. Gritar «¡goool!», por ejemplo, sin que hubiera anotación. Pero lo pensó, es que esa lejanía le daba lástima, además suponía que los jugadores no eran buenos, porque ninguno contaba con la habilidad de echarse una maroma en el aire con el balón controlado, cero actos circenses, cero acrobacias aéreas llamativas, habida cuenta de que los protagonistas eran gente entre panzona y panzoncita. Y renuncia de intento. Por lo mismo, Ponciano viró hacia su derecha para ver si descubría algo digno de echarle el ojo. Y ¡vaya!, nomás pura negación: sólo trajín urbano: coches, transeúntes, algún perro sin dueño orinando apenas algún objeto importante. ¡Puf!, no había más que seguir sentado (como estaba) para filosofar sobre lo que pudo haber sido y todavía podía ser. Compactar el tiempo como si fuera un decurso restrictivo. Valoración seguida de minimización: crasa estrategia, y –¡claro!– la tentativa de ir a Sombrerete a visitar a...

En tal coyuntura, el hambre debía crecer como si carcomiera el ingrato vacío estomacal de Ponciano que, en un momento dado, dejó de darle vueltas a sus propósitos hazañosos para animarse a comprar una torta, sí, pero una torta de carnitas, gran pretensión. Por ende, no le costó trabajo imaginar lo voluminoso de una torta así: lucidora en lo más alto de una montaña nevada. Allá lo sabroso esperando.

¿Tan gigante era?

Casi.

Y la compra de aquel alimento ostensible mermó lo imaginado y...

Las primeras mordidas...

La pletórica gordura enchilada...

Acorde con el aumento de lo sápido, Ponciano se dejó embobar por todos los vaivenes de su anterior vida de viajero: pacífica, cual un prodigio que no cualquiera... Entonces qué hacer: ¿encaminarse hacia atrás o hacia delante?

El atardecer tenía que dar la pauta.

Ponciano neófito. Ponciano intuitivo. Ponciano endurecido. Ni él entendía con claridad el porqué de su decisión. Lo consecuente: no pensar, por mor de seguir una veta inexplicable. Y una consigna para siempre: no dejarse ganar por el hastío, y otra más de pilón: la risa aunque no le aunque.

También Irma Belén, días antes, al estar comiendo sin parar en el restaurante, fue reacia a redondear una idea de desamor. En definitiva eso no, porque todos los días ella y él se besaban de trompa y dormían juntos y a veces había abrazos encuerados donde él le acariciaba con cariño las tantas lonjas de ella: cosa de prolongación sin mucho aumento, porque lo sexual ¡nunca!, o nada más pura minucia que más bien seguía siendo minucia. De ahí que lo contrario podía ser una obviedad: los insultos, lo irrespetuoso de los reproches, la frialdad ganadora: lo que tampoco se daba ni ocasionalmente; y, bueno, la dulzura tampoco. O sea: años de no agresión, pero sí de tedio y murga. Sin embargo... el repiqueteo de aquella frase tajante: «ya no quiero trabajar», y la resulta brutal: la gordinflas sola, medio vieja, y además obligada a adoptar una actitud donde la resignación fuese un argumento casi campeador. ¿Y entonces qué?, ¿matar o no matar al chupado? Si se decidía por eliminarlo mentalmente bastaba con que colgara de nuevo el moño negro.

No en la puerta principal de su casa, sino más arriba.

En el yeso de la pared el dizque objeto triste, que se viera.

Y aquí hay que dar un salto conveniente: ergo: ocurrió lo normal: el moño colgado, movido apenas por el relente mañanero. Moño no visto por nadie todavía. Es que los vecinos iban como autómatas –pero cabizbajos– rumbo a su trabajo. Día entero que transcurrió inalterable, como si el azar lo resumiera. Fue hasta un jueves cuando fue vista con espanto la negrura sutil: señoras que se acercaban a lo cruento de la calle, y en efecto: fue creciendo el número de mironas que sí; primero ellas por entrometidas (la imprudencia y sus hilos); luego algunos hombres que nomás se informaban para meterse de inmediato a sus casas. Lo que sí que Irma Belén aún no llegaba a donde debía. De modo que de quince mujeres fisgonas sólo dos permanecieron más de dos horas en espera de lo mero bueno. Hay que decir que esas dos se sentaron en la banqueta que estaba afuera de la casa de marras... A ver, a ver... Tenía que venir la gorda enlutada, saludar, sonreír.

51

Vino muy seria. La luz deficiente de dos lámparas callejeras iluminó su seriedad. No está de más informar que Irma Belén fue notada desde muchas ventanas poco antes de que llegara a donde el moño negro parecía recibir una luz especial, por lo tanto se afirma que ya cuando pasó lo de apostarse cansinamente frente al enrejado de su casa, salieron de allá y acullá gran cantidad de mujeres, con ímpetu reporteril, en busca de lo que esa viuda reciente debía aclarar a fuerzas, pero ni chistó, porque no tenía ganas de explicar los tiquismiquis de su luto. Nomás no, porque no. De modo que con sorprendente sequedad le dijo a esa cuantía en penumbras: *Mañana aquí mismo les informo todo lo que pasó. Si les interesa, aquí estaré a las ocho de la noche, aproximadamente.* Hábil modo de ahuyentar el alud para a su vez darse tiempo y armar la mentira con capítulos cortos. Hacer apuntes, por ejemplo, siempre y cuando se los aprendiera de memoria. Que no se trabara. Que si le hacían preguntas no se contradijera. ¿Podría?

Por más que estudió sobre lo suyo propio, no pudo aprenderse al dedillo las posibles variantes de cada episodio, lo mucho o lo exiguo concebidos en cuanto a la extensión de aquella invención que, de plano, ¿cómo cerrarla? Es que ninguna historia tenía fin, así que... Es que ponerle fin era un capricho, así que... Hablar ¿hoy? Mañana ¡ya!: ¡ahora sí! ¡Qué antojo! Y si se equivocaba en algún detalle, bueno, tenía que tener en cuenta que ella era la de las enmiendas, la poderosa en eso de discurrir y modificar, por lo que sin ambages se preparó para afrontar de una vez lo cruento, en aras de un despeje definitivo. ¡Hoy a las ocho de la noche lo candente! Irma Belén optó por caminar hasta su casa. Cálculo de la distancia. Recibimiento numeroso allá en las penumbras. La caminata la ayudaría ex profeso a perfeccionar los aspectos más nimios de la historia.

La gordinflas llegó muy salerosa a donde la esperaba la expectación mujeril.

Y...

Lo primero era lo primero: la muerte. Que en el sur del país. Que el motivo del viaje (¡urgente!, ¿eh?) era porque Ponciano tenía un hermano enfermísimo, casi agónico: un anciano muy anciano. Tal hermano radicaba en un pueblo del estado de Jalisco llamado Autlán. En fin, sobre la marcha Irma Belén iba agregando datos que le chispearon así nomás, dado que los escuchas, que ya se habían ordenado en filas horizontales, estaban inmersos en los altibajos de la noticia, como si la descripción de los hechos fuera un revestimiento a punto de ennegrecerse. Ninguna pregunta. Ningún carraspeo. Sólo lírica quejumbrosa emitida por una voz que parecía agrandarse sin querer. Exclusividad sonora. Narración tendente a la minucia. Y el regodeo conjetural. Y las digresiones que no hallan meta. Es de creer que la gordinflas consumió más de media hora en prodigarse mentirosamente sabiéndose ya al final como una emisaria que trae desde un más allá avisos inusitados. Arcángel sin espada (casi). Espíritu con vestido común y corriente. Y ¿para qué decir más sobre lo que parecía? Más bien hay que pensar en las escuchas: su alelada zozobra. Devotas de pie. Absortas. Templo sin techo y sin paredes. Luz verbal que inunda... Aunque no tanto, dicho aquí como debe ser, porque en un momento dado surgió por ahí la primera pregunta, una referente al entierro de Ponciano: garlito para la emisaria que titubeó como si dudara de si sería una pifia todo cuanto se le ocurriera decir en un lapso de diez minutos o si al soltar su embuste los muchos vecinos le creyeran de súbito. Pero la valentía de invención cuajó: más que menos. Sea que el entierro fue colectivo. Una mole de carne humana metida en un pozo gigante. Capricho del Presidente Municipal de Autlán. Resolución comprensible, pero vulgar. Cero féretros: ¿para qué? Por respeto: ¿o no? Eso tal vez después podría discutirse y, si las sutilezas cristianas ganaban, desde luego –puede adivinarse– que no faltarían voluntarios píos dispuestos a ejercer la labor de desenterramiento. Cada muerto apestoso metido en su ataúd. Y habría misa. Y habría santos óleos. Y sin la menor duda un discurso sentimental y emotivo del párroco de Autlán. Pero eso estaba por verse... Poco después vino otra pregunta surgida de por ahí: ¿Y usted, Irma Belén, qué hará? ¡Qué fácil fue la respuesta! Pues ¡rezar!, ¿qué otra cosa? Pedir a Dios todos los días por el alma de Ponciano. Que se fuera al cielo. Que allá estuviera feliz, incluso más feliz que acá: en este mundo, en este barrio. Lo que se debe entender es que estamos resumiendo el total de lo que dijo Irma Belén, dado que ella se extendió más de la cuenta en lo relativo a su visión de cómo era el cielo y si allá había nubes o no o si allá había colores increíbles y cascadas maravillosas de agua rarísima o lagos fantásticos o bosques insospechados o selvas con buen clima. Eso y más. Tanto que la gente se empezó a retirar a sus casas porque pensó que a la gordinflas se le había botado la canica. Pero ella siguió hablando locamente, bien positiva, por supuesto. Pura limpidez.

Se quedó hablando sola. ¡Oh, espíritu!

Delirio. Vehemencia. Exceso de romanticismo luctuoso, si así puede decirse a lo que ya fue absurda perorata, misma que se opacó porque la voz de Irma Belén no era pujante. Como una paradoja indiscernible, aquello se convirtió en un soliloquio muy de quedo. Bisbiseo. Flojedad. Manera remisa de percatarse de que ya no. La audiencia ¿cuál?, Por ende el retiro de ella como que entre humilde y atemperado: con el solo propósito (ahora sí) de abrir la casa bien a bien: sabiéndose viuda hazañosa ¡ojalá! No necesitaba sentirse una supraganadora, después de todo... Su invención era un colmo de pertinencia y así, entonces, encendió lo encendible. Pasos dados con aplomo. Luces que ayudan. Quiérase que al final habría una iluminación de principio a fin como para que la gordinflas se acostara a todo dar. La cama matrimonial contaba ahora con rechinos de más.

Soledad.

Encantamiento.

Revolución despaciosa en ese ámbito que debía ser tan nuevo como una brizna cualquiera. Muerte virtual que se estira. Tal sensación. Tal seducción. Y esta conjetura muy al sesgo: si Ponciano vivía después de esto, pues allá él.

5

Ahora valoremos el equívoco de los impulsos. ¿Por qué Jalisco?, ¿por qué no Colima, Michoacán, Guerrero o Oaxaca?, ¿de qué oscuro lugar de la memoria brotó el nombre de ese pueblo llamado Autlán?, ¿qué chispazo o qué explosión? Supongamos que somos extremadamente modernos y que por lo mismo nos es fácil decir que este mundo es una cagada; que esta vida y este reino animal, amén de las plantas y los insectos o la posma hartura de que lo que imaginamos son pura cagada; que nosotros mismos somos eso y algo peor: ¡cagada sideral! Y, ¡claro!, si ésa es la premisa, tenemos la garantía de fantasear sobre lo que nos venga en gana: lo confinado y lo inverosímil; lo inexplicable y lo lábil; lo concreto y lo extendido. Se antoja, entonces, decir que Irma Belén escupió el nombre de Jalisco y de Autlán porque de allá era originaria una amiga suya de la infancia a la que quiso mucho. Subconsciencia o, si se quiere, necio atrabancamiento. Desfachatez de alucinación. Además, de inmediato surgió otra liga: lo que le dijo Ponciano como si lo vomitara: el accidente horroroso allá en el sur del país. La conexión por antojo. La mentira que se extrapola para hacer su tejido más allá de esta realidad enmierdada. Lo que se compone al vapor, con la brutal carga de cinismo, un cinismo si no moderno sí antojadizo. Pero el asunto no quedó tan lleno de caca. Había dulzura candorosa: Jalisco, Autlán, autobús, volcadura, muertos por doquier, sangre mosqueada (tan irregulares muestras de eso), un sobreviviente manco, había que narrar su lucha inútil por encontrar su brazo extraviado, lo vio a distancia, pero no pudo llegar hasta... Y que esta colosal escena infeliz quedara plasmada en un óleo gigantesco que fuera exhibido en un espectacular público, colgado del edificio más alto de ese barrio torreonense, pero ¿existía?, no, ¿cuál? Entonces para qué seguirle, que así se quedara esto.

6

Hamburguesas al carbón, gorditas de harina, enchiladas, tostadas de pollo, tortas de carnitas, tacos de cabeza y de nervio, frituras de todo tipo. A Irma Belén le dio por comer, a diario y por la noche, grasa a raudales. Gordura buscando gordura. Comida callejera mugrosita. El motivo: la susodicha deseaba aplacar su angustia cuanto antes.

Pero el logro... ¿cuándo?

7

Llamémosle «experimentación» a todo cuanto hizo Ponciano Palma desde que salió de su casa. De entrada hay que mencionar que no vagabundeó en demasía, puesto que debía respetar la faramalla que él mismo hubo concebido como si fuese un asunto de capitulaciones. En tres días anduvo recorriendo varios campos de futbol llanero y dos salas de billares situadas en una colonia orillera y muy amolada. Horas de ver soserías que de pronto no lo parecían tanto, sea que ese brete de «matar el tiempo» no era en verdad un asunto tan ligero, ya que a propósito deseaba experimentar, como un padecimiento, toda suerte de poquedades; la carencia que curte, que endurece; la pobreza que acarrea un sólido estigma de derrota, amén de un convencimiento cada vez más abatido. Digamos que en realidad su intención consistía en evadirse, haciéndola de sufridor incorregible, modo de evitar enfrentarse con lo más secreto de sí: su grandísima culpa, tan quemante: y... ¿divertirse a modo de remedio? Su diversión sería un síntoma de atraso, nada más: tardanza más tardanza y aclimatación y autoengaño. Antes tuvo que guardarse la bolsa de plástico bajo sus calzones. Incomodidad. Dinero sudado, pero... Ahora veamos un principio de procedimiento cuyos límites podía calcular mal que bien: sus andanzas sólo abarcarían un perímetro estrecho de cuando mucho unos dos o tres barrios, porque hay que recordar que Ponciano ya tenía la connotación de un muerto y más que nunca debía trabajar en una nueva apariencia, un viso más jodido: como era el hecho de dejarse crecer el bigote y la barba, siempre y cuando el pelaje se pareciera al caos del mundo. Lo otro –lo radical– se basaba en la determinación de no bañarse: ¿qué tal? Asimismo no comprar ropa ni maleta ni mochila. Apestar mucho: ¡oh criterio!, lo cual ganaría expansión en un dos por tres, dado que el calor de Torreón ayudaba para ese alcance oloroso. Pestilencia que sí: fachosa a fin de cuentas. Esa política para –en efecto– divertirse con un nuevo pasatiempo (sabiéndose un descosido) no debía resultarle deprimente, además la intención de saber qué se sentía al hacer una extravagancia como la de pedir limosna, pues quizás pudiera ser una aventura que en más de un sentido le produciría una mezcla de sorna y terror (carcajearse a solas y recordar el motivo por el cual deseaba que pronto llegara la muerte, antes de que lo interceptara la policía); sentirse en la peor desgracia como premisa de un arrojo que para él significaba algo fuera de serie, ya que pidió, pidió, pidió, haciendo la voz chiquita. Digamos que su cabronada aún no era tan teatral, pero ahí la llevaba: y también lo de gemir de modo convincente. Lo mecánico inmediato consistía en extender la mano a quien tuviese pinta de caritativo: todo transeúnte sereno, o más bien: hasta quien menos pareciera dador. Lo pidientero nutrido por una carga de orden casi metafísico, porque Ponciano debía decir que era un enviado muy especial de Dios Padre, un mesías semiandrajoso, un salvador, un arcángel que huy... A ver quién le creía eso. Asimismo tuvo la puntada de decir que si un equis señor o señora le daba un mendrugo, unos y otras tendrían la seguridad de agenciarse salud, dinero y amor en menos que canta un gallo, y que cuando murieran se irían velozmente al cielo: de ahí que la obvia consecuencia fuese un éxito gradual: porque primero recibió monedas de cincuenta centavos y de un peso, pero luego monedas de cinco y diez pesos. Es que a la gente le gusta oír dulzuras, como esa de que cualquier fulano le diga que va a ser feliz, tanto en esta vida como en la otra. Sin embargo, ya al tercer día de desempeñarse como limosnero no le fue tan bien. Tal vez Dios lo castigó por andar de perverso embustero. Es que Ponciano no tenía necesidad de hacer ofertas de bienestar así y así. De hecho, supuso que si decidía quitarse la vida en unos cuantos días más, se iría de inmediato al infierno, al círculo más canijo, donde la carne propia se quema eternamente o ¿cómo decirlo?, la cosa es que el sufridor siga sufriendo, que sus muchos quejidos sean como un canto horroroso harto enfático, algo así como un clamor sin fin, con miles de matices desafinados, ¿hasta esas conjeturas llegó Ponciano?... casi... pero la verdad era que eso de pedir limosna le resultaba excitante. La misericordia de la gente ¡qué maravilla!, o el extender la mano para escuchar un «no», pues ¡qué bonito!, pero el «sí» era superior, pues le daba redondez a una peripecia sucia, propulsora, ya que cuando alguien le ponía una moneda —como si fuese un objeto milagroso— en la palma de su mano, lo absurdo descollaba. Ahora que... sus billetes en la bolsa... lo otro: lo que había sido un ahorro y un jugoso fruto de su trabajo, no estaban de más... Pero usar la morralla ganada tenía la ventaja de ser un trasunto de superstición, lo justo merecido para comprar sus frituras y sus refrescos y, bueno, hay que analizar todo esto con frialdad, es cierto que se estaba portando mal porque lo de la limosna jamás debía (ni debió) ser un juego; Ponciano fue gacho consigo mismo al dormirse (adrede) en la calle, de preferencia en una banqueta, aunque arrinconado contra una pared, siempre contiguo a una tienda (la que fuera), pues... Sea que desde el primer día de vagancia no cumplió su promesa, porque eso de andar haciéndola de actor sin tablas: con su caminar agachado, su voz doliente, su variedad de gestos llenos de desesperanza, sus cejas levantadas, tal como si deseara puras tonterías: pues ¿para qué tal colmo? Tanta revisión de sí mismo como disfavor: eso de pensar, repensar, arrepentirse y a la postre meterse a una iglesia orillera para pedir perdón: la mea culpa como declive o como desaliento. Lo real era que al darse golpes de pecho no sólo por lo de la limosna sino por haber abandonado a su esposa gorda, lo lanzaban de súbito hacia un deseo más sinuoso: ir cuanto antes a Sombrerete, allá la aclaración, como una forma de enroscar un perno: su asunto; los balazos, las repercusiones... La cosa era que poco sabía de Sixto Araiza, no obstante que conocía su casa. Fue una sola vez cuando... La vez que durmió con inquietud en ese lugar aislado, o sea: moviéndose mucho en un catre nada cómodo. En este renglón hay que puntualizar la soledad de Sixto: fue acaso un despacioso síntoma de convencimiento. Una filosofía de felicidad que para qué predicar si era tan rara. Pero Ponciano ardía en ganas de echarse una buena plática con... Necesitaba aclarar dos o tres detalles y ya cuando sí, entonces, lo del suicidio, incluso por esas latitudes: esto es, no hasta el sur del país, como le había dicho a Irma Belén. La muerte más cerca de Torreón, del calor, es decir, por allá por Sombrerete. Tal vez ir a la mentada barranca, y allí: a la de ya: la caída con algo de regocijo en el trayecto, ¿sería? El viento que sacude y sacia antes de que el suicida se estrelle contra cualquier dureza. Pero primero el autobús. Apenas rayó el alba y... Nótese la ocurrencia: Ponciano había pernoctado en la banqueta de una esquina equis, y absolutamente apestoso, como andaba, tuvo la desfachatez de hacerle la parada a un taxi para ir rumbo a la Estación de Autobuses. Allá le informaron que había una corrida de Torreón a Zacatecas en un par de horas; esa corrida tenía dos paradas: una en Sombrerete y otra Fresnillo, pues ¡ese viaje!, y la compra del boleto ¡ya! Y, bueno, lo que hace falta aquí es asentar un adelanto a manera de elipsis para situar a Ponciano tocando con alegría la puerta de la casa de Sixto, allá en el mismísimo Sombrerete, una casa no fácil de localizar. Sea que anduvo batallando, pero dio por fin con lo deseado por ahí al filo de las seis de la tarde. La tal casa –al menos por fuera– exhibía una facha de modestia suprema o, digamos, un espacio más modesto que la fregada. Un aprieto, o más bien un ahogo similar a una casa de muñecas no curra; ahogo, más bien, por la dificultad de movimientos: adentro: ¡claro! Aunque... una mera suposición. También otra suposición sería considerar que los repetidos golpes dados por Ponciano en la puerta de lámina eran verdaderos estruendos, cada cual: ¡de veras! De tal manera que estando Sixto entretenido con una revista de crucigramas abstrusos, suspendió su labor y fue a abrir: ¿sería la policía? Fue una primera idea ñoña.

Un desconocido: poca sorpresa. Sixto no fue capaz de reconocer a su compañero de asesinato, ya que, aunque el visitante estaba chupado como siempre, tenía el bigote y la barba a medio crecer, sin arreglo, además apestaba; además no quiso hablar, siquiera para decir «Soy Ponciano Palma», acaso su mudez se debía a que Sixto estaba retevivo, incluso con aspecto saludable, y hasta rejuvenecido.

Poco más de un minuto de silencio, siendo que la incredulidad era mutua: viéndose, descubriéndose, con acercamiento. De hecho, ambos parecían malvaviscos gigantes o figuras tan estrambóticas de monstruos que proyectan bondad, timidez e incertidumbre: la pura inocencia que da el gatazo. Tal vez el olor horripilante de ambos les dio confianza porque con dedos trémulos se empezaron a tocar como si fuesen animales en vías de saludarse a su manera, pues sí: lo que pasó ¡ya!, o sea: ¡Sixto!, ¡Ponciano!, las voces inconfundibles, por ahí hubieran empezado... De inmediato vino la invitación a pasar. La hospitalidad pese a pese, se dice eso porque la casa de Sixto era en verdad demasiado chica. Casa de soltero, ¿eh?, entiéndase que sin alguna posible soltura, de tal suerte que el sentarse les tenía que resultar dificultoso. Ponciano lo hizo en una silla casi desvencijada, mientras que Sixto se acomodó en un catre con dos colchonetas topochas. Reyes, al fin, tras lo que pasó, ¿o no? Y las palabras empezaron a surgir como si exploraran esa pequeñez ambiental. Lo primero dicho con arrobo fue lo ocurrido a cada quien luego de haber empujado el tráiler al fondo de la cuneta, ¡claro!, con el muerto bailando adentro de la cabina, ¡pues sí!, lo subsiguiente ¡ni pensarlo!: uno y otro a caminar, caminar, caminar, por ese pelonerío bien plano y nada bonito. La palabra «aguante» fue la que más se repitió en ambos casos: en segundo lugar «sed» y en tercer lugar «hambre», todo lo que debía derivar, como goteo normal, de la palabra «aguante», siendo a la postre, en el caso de Ponciano, un decurso casi mágico, pues llegó a General Cepeda en un pispás, exhausto desde luego, muy muriéndose, pero todavía con dos o tres arrestos; en tanto Sixto se enfiló hacia Concepción del Oro, algo fresco (por decir) para trasladarse a la brevedad en autobús rumbo a Sombrerete: cosa que le sucedió a Ponciano de igual manera: pero a Torreón ¡pronto! Lo de la comida y la sed en ambos casos: ¿para qué detallarlo? Las resoluciones desesperadas son efectos de necesidades imperiosas, o puede ser al revés, según como lleguen a la mente estos conceptos que nunca se entienden por entero. Por cierto que el encuentro entre ambos –fuera de Saltillo– tenía que ser todo un acontecimiento. De hecho, no habían sido muchos. Se dice esto, dado que justo éste debió ser el más provocado de cuantos: el segundo casero en Sombrerete, los demás ocurrieron en la oficina de la Agencia de Mudanzas en Saltillo y sólo cuatro encuentros casuales, a lo largo de veinte años, en una fonda ubicada a la orilla de la carretera a Guadalajara, de nombre La Gratitud. Con lo antes referido ya puede decirse que tenían harto material de toma y daca para su entretenimiento. A una pregunta pertinente de Sixto, Ponciano habló del motivo de su visita, antes tuvo que poner al tanto a su amigo respecto al rompimiento con su esposa gordinflas, sí, de eso iban a hablar para luego dar el paso hacia el meollo de meollos... Sin embargo, antes de que Ponciano dijera la primera frase de una presunta parrafada, Sixto, que era intuitivo, se adelantó como queriendo adoptar un tono chinchorrero: *Desahógate con tranquilidad.* Y el visitante se sintió orondo para hablar pestes de Irma Belén, de su gordura impresionante, de sus cachetes de marrana, de su panza de burra maicera, empero, lo más importante era la ruptura con esa su vida de mierda. Su aburrimiento irremediable. Su deseo de ser un vagabundo sin qué ni para qué, pero con mentalidad libre, despreocupada al máximo, la cosa estribaba en que de no resultar todo ese afán de emancipación radical, el susodicho no tendría más opción que suicidarse.

–A ver, a ver... vamos con calma... Cuéntamelo todo, porque me parece que andas confundido.

Que el cansancio. Que la existencia de otra realidad. Que quizá algo que a saber si existía. Y hablaba en serio. Ningún mohín de sonrisa subconsciente. ¡Vaya!, allá él, ¡ni modo! Es que para qué tratar de convencerlo de que se desviara por un camino más benigno y menos retorcido. Tampoco Sixto representaba un ejemplo de vida. Además él ya contaba con una alternativa de subsistencia en tanto la policía no diera con él para meterlo deprisa a la cárcel, sin más ni más, y dijo cuál era la tal: un estanquillo. Una sobrina suya llamada Noemí, que vivía en Sombrerete, invitó a Sixto a ser socio de, con poquito capital: no importaba. La ayuda por compasión, téngase por ende una compasión que también estaba unida a una querencia. Alternativa para sobrellevar una vejez sosiega. Sin viajes, sin desvelos de él (lo que había sido siempre). Con sueños largos (lo nuevo, ora sí). Un bienestar que debía ser güevonamente prolongado, mientras la policía, etcétera... Ya se dijo que tras la inoportuna aparición de lo que ya se dijo, pues, ¡ni hablar!, se acabaría el encanto. Noemí sólo tenía a su madre, que estaba bastante viejita: enferma, casi ciega, casi sorda, casi muda, casi una planta para regar todos los días sin que el pobre objeto viviente experimentara un mínimo desarrollo halagüeño. La pura supervivencia y punto. Cierto: también Noemí necesitaba apoyo, alguien en quien recargarse seguidamente: el tío: ¡claro!, y ese encuentro un día de tantos, amén de esa propuesta que fue como una iluminación. Dígase, asimismo, «iluminación de rebote» para Ponciano que, en tanto Sixto seguía hablando acerca del enorme beneficio de inversión poquitera, el recién llegado se tocaba la bolsa de plástico metida bajo su trusa. Sea que sobre su cremallera la caricia y un rosario de signos de admiración desfilando...

Luego: desfile decreciente, a raíz de que sus dedos derechos dejaron de tocar aquello oculto: Ponciano: ¡qué idea enloquecida llegó a su cabeza! La inversión... Ojalá... Pero lo que había ahorrado y traía consigo no podía ser alternativa lucidora, aun cuando de pronto él le propusiera a Sixto que también, es decir, lo del estanquillo, es decir, dos socios más la sobrina jovencita que, por supuesto, seguiría siendo la dueña, pero justo cuando elaboraba esa entelequia mental vino una frase de Sixto que pareció cortar de tajo aquello que subía: *De modo que tu opción es suicidarte.* ¡Uf!, nada contrario surgía como remedio, hasta el momento, precisémoslo, porque Ponciano estaba a punto de soltar algo poco pensado: un refilón sensitivo, jamás pertinente... ¿o sí?

–¿Y qué diantres le dijiste a tu esposa cuando decidiste venir a buscarme?

–No le dije que venía a buscarte. Simplemente me salí de casa. La noche anterior le ordené que colgara de la puerta un moño negro. Ella me aseguró que lo haría. Así que para Irma Belén yo ya estoy muerto.

–¡Qué locura!

–Pues ya ves.

–¿Y se puede saber a qué has venido?

–Tú siempre fuiste mi amigo de más confianza, por eso vine a despedirme. Si aceptas esa cortesía final, ya no tendré nada más que hablar contigo y me iré.

Ponciano seguía haciéndose pato, no quería decir la verdad verdadera.

–Me dijiste que querías ser vagabundo. Sólo quiero saber por cuánto tiempo.

–Si me aburro, si me da hambre y no encuentro comida, será el momento ideal para quitarme la vida.

Sixto sonrió de lado, luego siguió haciéndolo en agache, sobre todo porque le daba flojera hacerla de consejero circunspecto. Entonces percibió un enorme panorama absurdo. Su mirada se dirigió al techo y allí, en lo pardo del concreto, halló disipación, ondulaciones cuyo remate cuajaba en una suerte de recoveco donde se podía apreciar una mueca más imprecisa que risueña, una como que escapando a tientas, un contagio para suavizar lo que de por sí parecía bien jalado de los pelos.

—Y cuéntame, ¿cómo te piensas suicidar?

—Te acuerdas de la barranca... Es bastante profunda, o sea que si me lanzo al vacío lo más seguro es que me muera, porque nada más de imaginar el golpazo en la cabeza, ya con eso.

—De verdad que me asombras. Ahora me doy cuenta de que, a pesar de haberte tratado durante tantos años, no te conocía bien.

—Yo tampoco me conozco.

—Ay, ¡no chingues!, no quieras darme lástima... Bueno, si te cuadra puedes dormir aquí en un rincón de mi casa, pero si juzgas que mi ofrecimiento es una imbecilidad, puedes irte ahora mismo.

—Por lo que me dices, creo que no hay nada más que agregar. Ahora mismo me voy.

—¿De veras quieres irte?

—No... mmm... no ahora, la verdad.

—Y bien..., ¿de qué vamos a platicar?

Muy leve se enderezó lo retorcido, adquirió viveza, acaso porque aún había un humus de enredo. Ponciano miró a Sixto con un dejo de esperanza que muy pronto se convirtió en abulia.

—Necesito hablar de mi esposa.

—¿A poco tu esposa es el gran tema?

Sequedad. Indiferencia.

¿Ya se adivinó? Sixto, por ser soltero, tenía toda la pinta de un egoísta que desea tener siempre la razón; de suyo, para tal disyuntiva de vida se nutrió de argumentos sesudos que fue engrosando al paso del tiempo. Causas perfectas, efectos disuasorios.

Sin embargo...

La compañía: ¿qué era?: lo necesario por deslinde, sujeto a una temporalidad, lo más corta posible: cosa de horas, de días, cuando mucho una semana, pónganle dos. En dicho sentido, hubo abundancia de relaciones amorosas y amistosas porque desde muy joven decidió jamás comprometerse con nadie. Casamiento: ¿para qué? Responsabilidad emocional: ¡cuernos! Y se acostumbró a que en lo referente a su vida privada nunca de los nuncas debía darle cuentas ni siquiera a sus amigos de más confianza. Entonces su locura a solas proyectaba un muy redondeado solaz maniático. Ni sirvientas contrató. Ni perros ni gatos tuvo. Mujeres: algunas: muy besadoras, muy calientes, pero también muy pasajeras, de esas que se encueraban bien pronto, como por arte de magia, para... Sí: el uso: el chorreo sexual, y ¡ya!, porque no tenía caso seguir hundido en lo excitante... tan confuso. De modo que ¡fuera lo carnal enardecido! Sólo el sondeo superficial recalando a veces en cierto afecto: lo diplomático efectista, pero lo real el desdén, el despego: proclives siempre... Esa ley... Ya como una sustancia adhesiva.

Sin embargo...

Sixto vio a Ponciano con ternura. En la cara del chupado había una tristeza mañosa. La morenez de una cara casi de ángel: con las cejas levantadas —niñamente— lo más alto posible. Conexión de miradas entre esos dos hombres solos... Y la frialdad consecuente.

He aquí la propuesta de Sixto:

—Puedes dormir esta noche en ese rincón. Tengo dos colchonetas más o menos gruesas y dos cobijas... ¿Quieres quedarte?

69

–Sí.

Dicho «sí» abría una expectativa demasiado arbitraria. Dormir en engarruñe, ¡ajúa!, pero... La apretura, no obstante, y ¿qué tanto significaba dormir de esa manera? Téngase la obligación de ponerse en una posición fetal. ¡Durante una noche así!: lo ideal para pensar bien a bien en el canje. De resultas lo menos malo: ¡allí!, siendo el lastre lo trasero: el haber dejado una relación baldía que, viéndola en perspectiva, nunca tuvo rumbo: vida-vencimiento, sin un poco de complicación sorpresiva, como caminar sobre una superficie plana absolutamente límpida. Y ahora lo presente titubeante, queriéndose bifurcar. Ponciano procuró ser dócil, le convenía... Lo arrinconado... Las colchonetas... las cobijas... Sixto le dio todo eso, pero el chupado no tenía sueño. Estaba nervioso; de hecho, como que quería hablar y hablar. En cambio, Sixto no, él quería acurrucarse de una buena vez al tiempo de cerrar sus ojos para eludir cualquier posibilidad de proferir una idea no deseada.

Sin embargo...

Después de cinco minutos de silencio, buscado entre ambos, Ponciano soltó una frase al azar.

–Sólo recuerda que yo ya estoy muerto.

8

¡Qué idiotez esa de que Ponciano se sintiera muerto sólo porque su esposa había colgado un moño negro en la entrada de su casa, allá en Torreón!

9

La sobrina Noemí: símbolo. Aparecería. El amanecer del día siguiente fue con espectáculo lluvioso, uniforme. Cosa menuda, puesto que las calles de Sombrerete parecían arroyos cuyas aguas no llegaban siquiera a rozar las puertas exteriores de las casas, de tal modo que la gente andaba brincadora por doquier mojándose con calma, como si la actividad pueblerina fuese un juego grosero pero divertido. Gente atrevida, tocha, sin paraguas, con incremento de perros surgidos de escondites impensados. La celebración con empape apenas: tal deseo general de alegría vaporosa, al cabo, pero alegre aún. Pues, bueno, de entre esos muchos Noemí tenía que brotar a poco, siendo que le urgía entrevistarse con su tío Sixto. Cuéntese que esta mujercita podía ser presumida por ser hacendosa como nadie, porque dos veces por semana hacía el aseo en sólo tres horas: acción de fondo –entonces–: la despachada de limpieza hecha con facilidad en la casa del tío: enorme favor, dada la pequeñez dicha; por otra parte hay que agregar los menús para un promedio de tres días que se iban como un chorro de agua: hechuras: desayunos-comidas-cenas: la rapidez de ella es lo que hay que considerar. Por cierto que estas medias cocciones podían meterse en un refrigerador gigantesco, puesto que el recalentado... ¿latoso?, ¡nunca!: cuestión de un minuto para un estar a pedir de boca. Y algo más: la sobrina tenía que ir al mercado a comprar los víveres, algo agarraba del estanquillo, pero... Se puede decir al respecto lo principal de todo esto: panes y más panes de espesores diversos para hacer lonches con embutidos varios: ergo: lonches aguacatosos y lechugosos, no se hable a detalle de los chiles metidos en el centro de lo que se dijo.

Sopas también; guisados también, y el retaque pletórico de cuanta cosa comestible hallara lugar en... De hecho, vale juzgar la diligencia de Noemí: su momio que empezaba desde bien temprano hasta concluir cerca de las tres de la tarde, cobrando por el servicio una cantidad insulsa de pesos: lindeza simbólica, sin que hubiera la mínima oportunidad de darse un respiro para conversar con ese señor a quien cada vez le hacía más falta alguien que le hiciera compañía, sobre todo a causa de que en los últimos meses ya contaba con la amenaza de varias enfermedades no graves pero sí merecedoras de vigilancia. Noemí: enfermera –también–. Primeros auxilios solamente. Así que cabe enumerar las visitas al Centro de Salud local, ¡pues sí!: la sobrina tenía que acompañar, cada vez con mayor frecuencia, a Sixto, quien iba a consulta como si fuese a un infierno donde lo recibiría un diablo magnánimo y regañón, por aquello de lanzar consejos sobre consejos; los castigos: igual; la propensión a una disciplina que a ver cómo y a qué horas, lo cual tenía una repercusión enfadosa: más medicamentos, más dificultad para ir y venir: con Noemí nada más. Ahora sí es posible dilucidar que Sixto no tenía con quien platicar largo y tendido. Por lo cual la llegada de Ponciano... Las albricias de una convivencia apenas naciente: ¡allí!: en su intimidad y, en vista de lo visto, se puede empezar con la primera luz del amanecer, justo al momento en que Sixto se dio un levantón de su catre, semejante a un recalzo. Ánimo. Frescura. La primicia que aflora como para elucubrar en trasuntos de largo alcance, sobre todo por haberle dado asilo a un personaje que ostentaba estar muerto desde hacía varios días. Pero verlo ahora: en posición encogida de feto, respirando con parsimonia. Ayer el visitante quiso ser contundente al soltar una tríada de frases efusivas. Al respecto Sixto no quiso carcajearse. A cambio prefirió un suspenso durable, intencional, porque sí hubo un refuerzo indirecto mediante la impostura de un no saber nada, también durable. Hoy, de hecho (y valga la idiotez), era un día lleno de nuevas ilusiones, uno que empezaba con un embeleso contemplativo teniendo como referencia exterior la lluvia menuda. Ay. Y acá el presunto amigo, cuyo dormir tenía unos efectos roncadores que Sixto trataba de comprender buenamente, sabedor de que Ponciano se encontraba hasta el fondo de un quinto sueño pródigo en distorsiones de toda clase: acaso: una espiritualidad que sueña que no sueña. Vigilia superpuesta... de seguro. Y como el dueño de esa casita resentía más que nunca la soledad, habida cuenta de que tenía que valerse por sí mismo para hacer cosas no deseadas, máxime que ya las enfermedades le ponían trabas, pues... a ver...

De ahí la persuasión: lenta subida de peldaños imaginarios, subida con agrado hacia un «sí» mayúsculo, agrado que lento podría ser convincente...

Nada más faltaba que Ponciano abriera los ojos...

Si así ocurriera, ambos se verían a los ojos con gran fijeza... Ojalá.

Y la sorpresa tras la primera luz gris, la vida, la perplejidad que se estira, lo ominoso, más aún porque el visitante se movió como si recibiera un aguijonazo, entonces despertó, estaba turbado, al parecer por un instante tuvo una sensación de arrepentimiento por haber abierto los ojos.

Ponciano muerto: ¿se recuerda?

Y el horror: la mirada insistente (brutal) de Sixto contra... Descrédito para sí: Ponciano queriendo guala; es que él escuchó, todavía adormilado, la respuesta que debió haber oído la noche anterior:

–No me engañes, aún estás vivo –y la carcajada explosiva del anfitrión rebotó en todas las paredes. Lo demasiado cruel prolongándose.

Mal que bien el visitante trató de dormirse, con el afán de ignorar esa burla inaugural, pero Sixto, tras olfatear a su huésped como un perro sabueso, sobre todo sabedor de que ese chupado debía bañarse con harta enjabonadura, le hizo cosquillas (je... ji... ja, absurda consecuencia) para que reaccionara alebrestado, incluso con un muy hosco arrebato: ¡lo ideal! Y pasó eso y como añadidura hubo un conflicto muy repentino, o juzgue usted:

–¡Déjame en paz, cabrón!

–¡Cabrona tu esposa, la gorda, y también tu abuela que grita como marrana atorada!

Estampa grosera en aquella casa huevito de Sombrerete, ahora más que nunca parecida a un tabuco. Hondas respiraciones, jaladoras de calma. Subconsciencias orientadas a jalar (también) sensatez. Después de un minuto se impuso la normalidad, ya como agotamiento de lo puro inexplicable. Sobrevino de inmediato lo confidencial entre ambos. Recuérdese la gana de persuasión por parte de Sixto: la lentitud, el agrado, la plausible subida. Veamos:

–Yo creo que no está bien que te vayas ahora a la barranca... Además ni la conoces.

–Antes de responderte, tengo que decirte que no está

bien lo que has hecho... Jamás mi esposa me hizo cosquillas para despertarme.

–¿Tu esposa?... Te agradezco que me digas lo que sientes, pero no soporto la pereza... Por eso vivo solo, para no ver pachorras como la tuya.

¡Vaya!, Sixto debía recordar su gana de persuasión –se insiste–. Este sesentón tenía que ser bien dulce.

–Creo que ya debo irme –clamó Ponciano.

–No te vayas... No ahora, por favor, Me gustaría hacerte un par de propuestas... Quiero que las escuches.

Tallándose con fuerza los ojos, por fin Ponciano optó por enfrentar lo que debía:

–No deseo oír ninguna propuesta. Quiero que hablemos sobre nuestro asunto, ¿o que ya no te acuerdas del hombre al que matamos?

–Sí... pero...

Lo de hacía un mes...

–¿No temes que nos ande buscando la policía?

–Sí temo, de hecho cuando me tocaste la puerta no quería abrirte... Cuando mi sobrina me toca tiene una clave que nada más ella y yo conocemos.

Como un síntoma enigmático la clave se oyó en la puerta. Expectación de ellos. Lo que sería una presencia inoportuna: Noemí: mojándose bien a bien (con la sutileza del chipichipi), lo gritó. Pero la reacción de Sixto fue indirecta: el baño del visitante de ipso: la tal vergüenza en su casa. Entonces: *¡Métete a bañar ahora mismo!*, y Ponciano obedeció como niño regañado. Aunque... Cambio de ropa limpia ¿cuál?, lo exigió quien ya empezaba a desvestirse delante de su amigo, sin ambages. Pero: *¡Métete!, ¡métete!, ya veré después... Ah, también procura rasurarte. Cambia de aspecto. En el baño encontrarás rastrillos y loción.* Como una armonía febril se cerró una puerta y Sixto abrió la principal, a conteste. Al tiempo que Noemí pasó al interior de esa estrechez, notó la pestilencia nudosa e inédita y, como le daba flojera hacer preguntas, se tapó la nariz, pues lo nauseabundo estaba en su máximo esplendor, lo cual trajo, de resultas, un ademán ostensible de ella que podía interpretarse más o menos como sigue: *¿Quién está aquí?* Y Sixto, con enfado, soltó una historia llena de falsedades y retrucos. Que se trataba de un amigo de la infancia que andaba en apuros. Que lo iba a hospedar un rato en su casa. Que blablablá. Se supone que era un recuento de: historias mínimas dentro de una casi gruesa historia desgraciada: más, más: todo ilógico, por inconexo. Aunque lo destacable era la buena voluntad de quien por soledad estaba dispuesto a realizar acciones riesgosas. Dilucidarlo conforme discurría la invención inverosímil sacada de la manga: sí, cualquiera lo entiende, más una mujer que observa día a día el deterioro de un hombre de veras trabajador: sí, también, se sobrentiende porque ¿quién era Noemí para desaprobar ahora a un pariente mayor, necesitado?, ¿eh?

Aquí sería pertinente poner de una buena vez al trío platicando como si eso fuese un viso espontáneo. Claro que en un momento dado Sixto le prestó ropa limpia a Ponciano, a quien, por estar chupado, todo le sentaba perfecto. Entonces la frescura ¡ya!, en torno a la única mesa de la casita –mesa monís, con cuatro sillas–, donde se habló del estanquillo, de la apenas prosperidad de un negocio que requería de atención total, o sea darle vida o brío, aspecto que contrastaba con el cabal deseo de Ponciano: el suicidio: lo inconfesable allí: ¡por supuesto!, sólo que tras el avance de la conversación el prurito del visitante se modificó muy de quedo: la muerte después, porque trabajar con holgura sería bien chulo... Es que Sixto le propuso esa humilde alternativa al recién bañado, esto es: vivir en su casa; ser ayudante de Noemí en el estanquillo, debido a que la joven no podía atender mañana, tarde y noche ese establecimiento furris, el cual, eso sí, tenía excelente ubicación. Una distancia de tan sólo seis cuadras entre punto y punto, sea que el centro lugareño se encontraba a tiro de piedra de la casa de Sixto, etcétera.

Se precipitaba el cambiazo como si se tratara de una ocurrencia superlativa.

La impostura argumental, sin más, tal como una metamorfosis en plena realidad lluviosa.

¿O fue efecto de la lluvia aquello íntimo?

Sólo fue Sixto el que propuso. Asimismo, cabe decir que era el hombre más dominante de ese trío.

De acuerdo. Pero Noemí le pidió a su tío que si podían salir de la casa, tantito. Poca plática bajo la lluvia fina. Ella necesitaba preguntarle un detalle.

Entonces: *No nos tardamos.*

Sólo Ponciano se quedó sentado a la mesa, como que tratando de ordenar la bola de preguntas que debía hacerse en menos de dos minutos o por ahí, preguntas que en un setenta por ciento correspondían a un debatirse entre la ruptura y la recuperación, teniendo en perspectiva dos derroteros inminentes: la barranca (asunto propio) y la cárcel (asunto ajeno), amén de la ambigüedad, como entretenimiento.

Pasos futuros, luego titubeo, luego convencimiento, luego azar.

Noemí le había servido a Ponciano un tazón de café lechero: ¡qué sabrosura!, hay que decirlo.

Beber reflexivo, restringido por un lapso de casi nada.

Demasiado afecto para un desconocido... ¡un tazón!, ¿de qué se trataba?

Pero Noemí, en plena intemperie mojadora, enfrentaba a Sixto con esto:

—Está claro que necesito un ayudante para mi pequeño negocio, pero no conozco a tu amigo, ¿quién diablos es?

—Es la persona más buena del mundo. Es un trabajador increíble: responsable, honesto, prudente, ya lo verás.

Segunda parte

1

Hubo varios acuerdos al paso de los días. Creaciones, correcciones, levedades, nuevos procedimientos que merecían cualquier ajuste; también algunos desacuerdos acerca de la marcha más conveniente del estanquillo, los turnos, los tiempos que se alargan o no, alguna sutileza o dos, una que otra vuelta al punto de partida porque se hacían valer los deseos inmodificables de cada quien, pero, bueno, a lo que se va es que lo más pesado de la elaboración de cometidos ocurrió todo un sábado y todo un domingo. Hubo desvelos, amén de las pocas horas de sueño en consonancia con la prisa de arreglar lo que todavía ofrecía quisicosas que ¡pues sí!: que al paso de los días ¡quizá!... Ahora que, viéndolo desde otro ángulo, siempre falta un detalle no pensado por nadie, algo como una chispa que aparecerá toda vez que estos tres personajes hubiesen decidido reunirse noche a noche... y correcciones de nuevo, circularidades que ya habrán de pormenorizarse.

De estos tres personajes Noemí era la más práctica, aun cuando estuviera chaparra y con cabeza de papaya. De todos modos tenía unos ojos bien grandes y expresivos al igual que unas pestañas que parecían patas de araña zancona. Valía la pena verla vivaracha y pimpante, sonriente, aun cuando no hubiera algo absurdo de que reírse. Bueno, hay que mencionar sus cejas maravillosas, mismas que uh, las tenía pobladas y similares a las alas de una paloma. Y qué decir de su boca, parecía besadora en serio, porque tenía la forma de un corazón carnoso: labios-golosina y lengua colorada. Bonita, pues, a su modo: pechos grandes, nalgas grandes, o sea: ¿qué más pedir? En tanto, por lo que se refiere a Sixto y Ponciano, por ser tan feos, ni siquiera vale la pena describirlos aquí, basta decir que el anfitrión tenía la facha de un pusilánime cabizbajo mientras que el visitante contaba (¡pobre!) con una cara de tlacuache entristecido, casi incorregible.

Pues bien, el primer acuerdo, como se sabe, estribó en que Ponciano se quedara a dormir a diario en casa de Sixto. Tendría como cama un par de colchonetas y otro par de cobijas para taparse cual debe. En Sombrerete el frío a veces lastimaba con ganas. Un segundo acuerdo consistía en que el huésped debía atender el estanquillo de ocho de la mañana a ocho de la noche, de lunes a sábado: entretenimiento laborioso en tanto la policía no diera con él. Y se repite lo del entretenimiento porque el señor no cobraría sueldo. Puro amor al arte. Así fue el rigor del acuerdo, ya que de lo contrario: que se largara, que se suicidara. Cierto que el huésped sólo podría gozar de esporádicos lapsos de descanso, quiérase que al momento que Noemí apareciera en el establecimiento furris, sí entonces la sustitución durante una o dos horas, máximo tres, esto último casi no, debido al atiborramiento de quehaceres de la casi inverosímil chaparra energética. Así que la comida de Ponciano, mmm, si tenía hambre que se atascara de gansitos, cuernitos, papitas, churrumais, chicharrones de harina con chile y limón, submarinos, napolitanos o fruta de la que vendían allí: como plátanos o naranjas, asimismo, bolillos solos o teleras o pelonas o torcidas.

La bronca era el dinero de las ventas: ¿cómo calcularlo? Una cajita de latón servía para meter los billetes y las monedas, pero cabía la posibilidad de que Ponciano robara poco y...

Lo recordable: el recalco las más de las veces: *Es un trabajador increíble, responsable, honesto, prudente...* La elocuencia así y así: como una estructura moral aparatosa e inobjetable, o también un detalle mediano: la utilidad de corroborar muellemente los movimientos mercantiles –nada más lo salido– al final de cada jornada: las cuentas hechas por Noemí cada noche bajo el único foco del estanquillo –tenía que ser– frente a los ojos de Ponciano (comprobación): esto con esto otro; aquello con aquello otro: la verticalidad total, ya con el cotejo de lo vendido: los apuntes claros del ayudante en un cuaderno de rayas, la fecha del día, los precios de los artículos a la derecha. Ese brete escrupuloso, y ningún falso relleno, a ver, a ver... Todo eso de apuntar cada cosa que se vendía fue el trasunto de un largo acuerdo llevado a cabo un domingo por la tarde. Duración entendible. Hubo un pequeño alegato porque Ponciano se negaba a tener que apuntar cada venta, por mínima que fuese, pero era su deber y ¡ni modo!: estaba obligado a usar el lápiz siempre.

Como Ponciano no se sabía de memoria todos los precios, los inventaba a conveniencia: el olvido actuando a favor de la creatividad. Esta maldad graciosa servía como reánimo.

A fin de cuentas la desmemoria podía tener visos de pasatiempo. Invención sin premisa o, mejor dicho, invención a partir de un cálculo erróneo y ahora sí que lo que viene ilustra más: por ejemplo, una barra de chocolate que costaba cinco pesos o por ahí, pues había que tasarla en seis o siete pesos, incluso en ocho, según antojo, a sabiendas de que ese antojo debía subir de precio, no mucho, pero sí, y eran las minucias las que más estaban expuestas a imprecisiones, lo que no ocurría con los kilos o los litros: de harina, de leche, de frijol, de aceite, mismos que ya venían envasados o empaquetados, según el caso del caos en mención. A todo esto hay que agregar que al negocito no acudía mucha gente, todavía.

El «todavía» vale justo desde que Ponciano se puso en actitud de despachador sonriente de aquello que muchos ya sabían del descuido en que se encontraba. El veterano –entonces–: la solución: horas y horas de estar detrás del mostrador viendo lo céntrico de Sombrerete a través del rectángulo de la puerta que daba a la calle donde la gente pasaba de largo y muy poca entraba a... bueno, la mayoría –si entraba– pedía refrescos: mayoría sedienta, ¡pues!, pocos pedían que si gansitos, que si papitas, que si chicharrones. También entraban niños a comprar golosinas, ahí estaba la bronca de los precios, ¿eh?, los aumentos insignificantes. Rara era la gente que compraba cereales o barras de pan tajado: rara, pero había una que otra, y rara también porque alguna venía con ganas de hacer plática acerca de lo que fuera: cosa de sandunga, para bien. Sobra decir que no podían faltar las impertinencias. Por ejemplo un interrogatorio como asalto a un señor (¿fureño?) que tenía alrededor de sesenta años, y que si supieran en las que andaba. Un señor sin esperanzas de nada: ¿por qué allí?, ¿por qué con ese trabajo?

Ponciano se veía obligado a contar historias absolutamente enredosas. En tal sentido hay que decir que las hacía casi ininteligibles para que no lo estuvieran moliendo con preguntas lógicas. Lo malo estribaba en que su invención sufría cambios tan drásticos que podrían acarrearle problemas posteriores, dado que un cliente se iba con una idea retorcida y otro con otra más revolteada y así de continuo seguía batiéndose el ingenio de ese señor que, entre otras cosas, era un asesino de pies a cabeza. Esto último no lo confesaría: porque, mmm: escurrir el bulto: sí, de una vez. Por supuesto que la invención de historias liosas, pero no malvadas, le fue de enorme utilidad a Ponciano para afrontar con fe las malas maneras del tedio. Día tras día tal compromiso, de tal suerte que la gente acudía al estanquillo para: no la compra, sino... ahí estaba el problema. Más porque un día llegaron dos amigos que ya habían ido al estanquillo y cada cual traía en su cabeza (y en su alma) una historia distinta del fuereño.

De resultas: los juramentos de los clientes, siempre dando fe de la verdad, contra las aclaraciones inexactas del decidor, mismo que se agarraba su greña superior en señal de desesperación: ¿de veras yo dije eso? Sí, sí lo dijo. Pues yo creo que me confundí. Pues a lo mejor eso pasó. LÍO CONSABIDO que tuvo largueza por cuanto que otros clientes acudían en grupos de tres o de cuatro ya que cada cual tenía (¡en exclusiva!) una historia sin parangón con las de... etcétera... Y otra vez: ¿de veras yo dije eso?, ¿cómo pude decirlo? Entienda ¿cómo vamos a mentirle? Está bien, en vista de que cada uno de ustedes tiene una historia mía no parecida a ninguna otra historia mía, pues no me queda más remedio que pedirles PERDÓN... De algún modo dicho PERDÓN fue resolvedor.

Lo consecuente del derroche lábil devino en una división de posturas que, incluso, hasta parecían tener lustre: esto es: dos exactas... y enemigas. Un número de clientes optó por oír extravagancias a granel, bajo el criterio, algo morboso, de permitirle al sesentón explayarse sin límites, aprovechando su imaginería desarreglada y zote. En tanto, el otro grupo: ¡qué esperanzas de aflojamiento! Es que no quería sentirse pendejo; es que no iba a creer por creer, por más bueno que se presentara. Nada de hilos sobre hilos. Punto. Y ese grupo de clientes fue el que decidió buscar a Noemí para preguntarle la razón por la cual había puesto de despachador a ese sesentón enloquecido. A ella, al fin y al cabo, las preguntas con filo: que quién era ese tal Ponciano, y de ahí una rastra derivativa que sí enfadó a la chaparra hacendosa.

Enfado en plena calle.

Enfado inesperado.

Así llegó la advertencia final: no pararse ni de chiste en el chingado estanquillo.

Aquello era ¿una amonestación?, ¿un dolo repentino?

No, más bien una mediocridad luminosa que pide a gritos ser simbólica y a la vez expansiva.

Era tan incrédulo el grupo enojón que ni siquiera tuvo la curiosidad de preguntar qué hacía en Sombrerete un sesentón como ése. Ya en sí mismas las preguntas ofrecían desvíos sin para qué, habida cuenta de que las respuestas se apreciarían como artilugios defectuosos, falsedades progresivas, previstas desde antes de siquiera pensar en un intento de aclaración. Entonces la renuncia de ese grupito que, sin querer, se asumía como escéptico, mismo que estaba formado por tres o cuatro: ni uno más. O sea: ¡váyanse!

Quedaba el resto, un resto indefinido, y se supone que indefinido porque la cifra parecía crecer, no hasta llegar a una cantidad incalculable, pero si se piensa en quince escuchas (bien ávidos de cuánto) que llegaban a diferentes horas, pues ya quince no era (ni es) escasez, aunque –hay que puntualizarlo– de esos quince ninguno buscaría a Noemí para que le dijera qué. Al contrario: lo misterioso, lo entreverado, un no saber casi nada de ese señor fuereño. O sea: ir descubriéndolo: con sabiduría, con cálculo.

Queden las historias de Ponciano aparte, siendo que ahora lo que importa es volver a una escena final que cada noche casi era la misma y que se bosquejó un poco más atrás de todo esto: la contabilidad: ergo: la sorpresa favorable de Noemí relativa a las ganancias habidas en el estanquillo a partir de que Ponciano estaba de despachador incansable... Tres semanas apenas. Y el cambiazo... La satisfacción.

De hecho, el estanquillo se estaba vaciando. Como Ponciano se negaba a tratar con los proveedores, en virtud de que tal trato no era asunto suyo, pues la realidad del negocio no podía ser más crasa: no entraba nada y sí salía mucho, ¿se intuye? La mercancía. La necesidad. Agréguese la frase ya manida de Ponciano: *Vengan después, cuando esté aquí la dueña.* La repetición. La cantaleta despreocupada que, de resultas, languidecía todo para frustrarlo en definitiva. Eso, al saberlo mal que bien, tuvo que desesperar a Noemí.

–¿Por qué no me había dicho que han estado viniendo los proveedores?

–Porque yo creí que usted se daría cuenta.

En efecto, la culpa era de Noemí, que por andar distraída con tanto trabajo que tenía a cuestas, no reparó (¡en tres semanas!) acerca de algo tan clave. Ya se dijo que ella hacía la limpieza de la casa de Sixto cada tres días, a lo que hay que agregar otras responsabilidades: llevar a Sixto al médico: la engorrosa revisión de rutina; llevar también al médico a su madre viejita: esa Raquelita, esa lata, llevarla en taxi municipal. Pero falta añadir que Noemí tenía harto trabajo con la lavada de ropa ajena. Montones y montones.

Agobio. Total que en tres semanas no se había parado en el estanquillo. La sustitución eventual ¡no!, por cortesía ¡menos! Así que lo prometido, según acuerdo, ¡pues no!

Tenía que haber otra manera de procedimiento que de buenas a primeras le vibrara a la chaparra, algo así como un recobro que contuviera a la par empeño y añagaza. Cuestión de un minuto para pensar, pero el ingenio en medio de los deberes... una hora, dos horas: ¿cuánto? Por mor de una sustitución necesaria, lapsos más cortos, sobre todo para atender a los proveedores, pero cómo acordar con cada cual el tiempo justo para, bueno, hay que ver que no pasaron de veinte segundos para que Noemí ideara la contratación de un mensajero chamaquito, le encantó esa gracia avenida. Un niñito de ocho años: ¡claro!, de esos que no estudian y que abundan en Sombrerete. Pues de inmediato ¡uno!

Ir-venir cuando los proveedores aparecieran. Ir a la casa de Noemí, que estaba a siete cuadras del estanquillo. Esa casa donde también vivía Raquelita, esa viejita bien amolada que nomás no se moría y que era una carga que de verdad hacía sudar. Bueno, que en tal sitio se localizaba la chaparra nalgona la mayor parte del tiempo. Allí lavaba la ropa ajena, allí atendía a la señora esa, que ya se dijo cómo era su problemática. La excepción ya se sabe: la ida de Noemí a casa de Sixto, pero ¡vamos!, de ocurrir esa ausencia, el niñito vendría con la noticia para que Ponciano le dijera a tal o cual proveedor: *¡Venga mañana a la una de la tarde!* La una: ¡ojo!, como sello sintomático más o menos diario, también como ápice de todo: solución, despliegue y, lo óptimo, la facilidad para contratar al niño mensajero casi en un abrir y cerrar de ojos. Se llamaba Tulio, así como se oye; su característica principal radicaba en que era veloz como un venado.

Lo que de por sí saltaba a la vista eran los tiempos muertos de Tulio, lo cual –si se aprecia– no representaba ningún engorro, puesto que le haría compañía a Ponciano (y a Noemí, ¿verdad?), amén de que estaría a las órdenes –por un salario módico–: también para lo imprevisto, que siempre existe. A todo esto hay que añadir la posibilidad cotidiana para que el sesentón y la chaparra se lucieran con sus aleccionamientos.

Porque plática: poca, aunque de haberla entre señor y niño, o chaparra y niño, se inclinaba hacia la rudeza: un decir desde su superioridad, en especial por parte del despachador, a fin de que al niño le estallara en la cara una suerte de repulsa, bajo la advertencia de que jamás debía antojársele hacer preguntas ni simples ni complejas. O sea que Tulio consumía las horas sentado en un banquito, leyendo revistas de monos o haciendo sobre su regazo dibujos muy sin chiste; dibujos abstractos, por lo común, que podían ser marañas semejantes a pesadillas donde de pronto un perfil de persona se asomaba, si no es que el de un animal o el de un monstruo.

Dibujos que tenían como perspectiva de fondo las historias enredosas que Ponciano les soltaba a los clientes crédulos. Oír acerca de tiempos legendarios, cuando el ahora sesentón escaló a los dieciocho años (por ejemplo) una equis montaña nevada, sin andar enchamarrado ni nada por el estilo. Más bien con sudadera delgada, o cuando trepado en una lancha, y yendo al garete por un río harto caudaloso, tuvo la habilidad de librar una cascada de agua, una categórica, mortal: y: ¡oh músculos victoriosos!, ¡oh presura para escabullirse de lo peor! Al respecto, cualquiera puede imaginar exageraciones amenazadas por una cadena de desatinos que finalmente removían más aún nuevas destrezas de un señor que sin duda fue heroico, pero que a estas alturas de su vida daba toda la pinta de un pobre ente patético, chupado también (como se sabe), acaso un inventor engreído que no hallaba cómo serlo diez veces más, sin que lo pareciera.

Reto.

Logro, a medias.

Engreído también Sixto, que a veces caminaba por la calle deseando tener aires de suficiencia notorios. Por lo común iba a la plaza de Sombrerete a sentarse en una banca y a mirar por mirar los colores del día, a sabiendas de que en el momento menos pensado se le presentaría, en plena divagación al aire libre, un grupo exiguo de policías fornidos cuyo jefe portaba en mano una orden de arresto: ¡a la cárcel... por matón!, y él, sin inmutarse, dijera, en señal de agradecimiento al señor de los cielos: *¡Llévenme!, ¡desde hace cuánto esperaba esta noticia!* La relajación como sinónimo de aturdimiento glorioso. Ah...

Pero la ineficacia de la policía idiota, que tarda, tarda, tarda, como si lo hiciera adrede...

Y la recompensa: la frescura de la espera...

Y el correr de los días, sin que se presentara un mínimo suceso depresivo...

Entonces podría hablarse de una felicidad acotada por pequeñísimos desajustes. Basta un hecho para calibrar el peso de otros muchos. Cierta noche, poco antes de que comenzara el dormerío, Ponciano le dijo a Sixto:

—Quiero ser asalariado.

—Ah, caray, ¿cuánto quieres recibir por cada día de trabajo en el estanquillo?

—Qué tal unos cien pesos.

—Es mucho... Simplemente compara lo que pides con lo que nos pagaban por cada viaje allá en la Compañía de Mudanzas. Además, ¿tú crees que Noemí es rica?

Tal inicio de alegato dio pie a que ambos forcejearan de más: verbalmente. Los efectos serían –como fueron– un desvelo a tolondro, donde el absurdo acabó por dominarlo todo. Risas que terminaron ceñidas a una desilusión no muy lastrada, no mucho por aquello de que la policía, la cárcel, el asesinato, eso, lo otro, lo más extraño punto a punto: lo fortuito deprimente que viéndolo con despego hasta resultaba un paliativo: las rejas, las cuatro paredes para siempre: ja, la vida que se aprieta como para entenderla hundida, o flotando, en una oscuridad pobladora o como un ahorcamiento sublime, ya espirituoso, ¿ya metafísico? Así que ASALARIADO: puta madre, con todo lo que se había dicho esta noche: ¡¿que... cuántos pesos?!: un sueldito, jajajajajá... Mejor dormirse.

Se debe aquí consignar que la bolsa de plástico donde Ponciano traía el dinero de sus ahorros ya tenía un recoveco bien estudiado en el estanquillo –que pronto sería tienda–. Sí, el sesentón halló un hueco con tapadera de ladrillo, mismo que estaba en un rincón bastante sucio, por no decir maloliente... ¡pues ahí!, a Dios gracias.

Sacar para comprar. Tenía que presentarse la ocasión infeliz, más que nada a causa de que el chupado ya estaba harto de pedirle a Sixto que por favor le prestara cualesquier camisas o pantalones, a lo que el dador obedecía sin decir palabra. Pródigo, se infiere, pero hasta cierto punto, porque llegó la vez de la aparición de un límite o algo parecido: un modo huidizo de redondear una deficiencia mediante una frase como ésta: *No tengo más ropa que ofrecerte*. Pena tardía. Desilusión mutua como corolario. Y la opción de Ponciano: la bolsa de plástico allá en el escondite: desembolsar después, aprovechando cualquier receso para... Fue un día que Noemí sustituyó durante dos horas al reciente despachador. El reemplazo semejó un cambio de guardia soldadesca.

Entonces...

Sacar para comprar: a hurto la acción, tuvo que ser, ya que el sesentón hizo lo que hizo con sumo cuidado: sea pues el cálculo propicio de los momentos en que no había nadie en el estanquillo, aunque ¿nadie llegaría?... La suerte como dicterio... Tampoco estaba el chamaco: posible mirón, pero ni por qué preocuparse de él, ya que Ponciano atinó al mandarlo al tianguis a que le comprara una bolsa de mangos, sí, como suena: ¡una bolsa de mangos!, habría... ¿en Sombrerete? Lo que sí que se impuso la soledad fortuita: mitad buscada y mitad quién sabe, porque el azar quién sabe qué deparara: conclusión: deparó un logro... Sacar para comprar... Ya el alivio... Un alivio que se hizo absoluto cuando aparecieron a la vez el mensajero con la bolsa de mangos y Noemí, muy arreglada. Entonces bien orondo Ponciano salió a comprar ropa, pero también porque le dijo a la chaparra: *Gracias por sustituirme.* Y se fue, se fue con un andar demasiado llamativo, de verdad llamativo porque no le quedaba ese raro meneo tan aflojado... Recuérdese su figura dada al catre.

Lo real fue que la frecuencia de las sustituciones aumentó. Decir que Noemí se partía en mil pedazos para hacer eso de ir a donde se dijo puede sonar a cosa excesiva, pero hay que recalcar que ese exceso era cierto. Poco a poco la chaparra de cabeza de papaya se percató de que debía ponerle mucha más atención al estanquillo que a su madre Raquelita.

Abandonar a la moribunda... mañosamente... Olvido piadoso... Al fin y al cabo la viejita daría en cualquier momento la sorpresa esperada: ese colmo ingrato repensado por Noemí y Sixto, siendo que la vida vale mientras tenga una resistencia autónoma, así que... dejar en las manos de Dios el asunto de las enfermedades sin remedio... una premeditación con cauda de conjeturas no falsas, no inhumanas por entero, dado que el espectro de la muerte andaba rondando los huesos de ese espíritu vencido... Raquelita: cosita: bagazo: entierro... y lo razonable conveniente: ¡cuanto antes! La dejadez, acaso retorcida por algún rezo rapidísimo que la chaparra bisbiseara en la calle, precisamente durante los trayectos al estanquillo o a la casa de Sixto... Plegarias incompletas.

Además, lo otro... tan sobrado... el crecimiento del negocio. La visita de más y más proveedores: lo cual podía considerarse una cotidianeidad que ¡vaya! Algo que Noemí debía atender debido a que aún no era capaz de delegar los tiquismiquis del aprovisionamiento abarrotero a Ponciano: un desconocido en vías de no serlo. También un desconocido el niño Tulio, quien ya se estaba adiestrando como despachador auxiliar y confiable. Al respecto hay que asentar que ese menor tenía la virtud de ser memorioso: en un pispás se aprendió todos los precios de los productos. Mejoría a ultranza, si así puede decirse. Superioridad infantil sobre empaque adulto: nomás. Niño con futuro, mientras que Ponciano...

Lo que sí que cabe aquí es hablar de los beneficios que, viéndolos de manera directa y hasta un poco lateral, fueron la premisa del cambio de interés por el que la chaparra tuvo mayor inclinación. Una chispa con aura alucinante, ¡una!: un día de tantos, incluso irrepetible como para que ella vislumbrara la posibilidad de que si atendía cual debe la carga del estanquillo, en casi un abrir y cerrar de ojos el caudal de ganancias la alejaría de las lavadas de ropa ajena, amén de la atención a Sixto (su socio, su tío) y a la señora (su mamá nomás) que ya en cualquier momento, como se dijo, y, ¡puf!, bueno, ¿para qué remover con gozo pensamientos insanos? Lo deseable sería que ambos se murieran lo antes posible para que la chaparra se quitara de encima lo encimoso. Que un rayo les cayera –al unísono– partiéndolos en dos. Que sus corazones dejaran de latir como si se pusieran de acuerdo. Que mayor contundencia mortal, que menor incertidumbre temporal, para que la chaparra sorteara los engorros de la indiferencia procaz, fea, incluso sin rezos. Cinismo, en consecuencia: selección de prioridades en pirámide: el dinero hasta arriba como un sueño que discurre al igual que una cascada infinita de oro que excita y baña: dorando a placer todo cuanto permita la imaginación: ergo: la resulta escurrida: el estanquillo convertido en tienda, luego en supermercado y ¿luego?... ¿lo difuso?, más bien pensar en una expansión cada vez más incalculable: invertir, invertir: enloquecimiento que mareaba: sucursales por doquier, otros negocios, otras ideas, otras obscenidades magnificentes. Por eso se estaba dando la frecuencia de las sustituciones. Por eso Ponciano tenía menor oportunidad de contarle a los clientes crédulos sus disparatadas historias heroicas en las que él era el protagonista principal. Por eso Tulio tenía más ocupación como auxiliar despachador en el estanquillo. Cambio ostensible: un reino que brota. Un reino que habría de empezar a edificarse desde el momento en que Ponciano salió orondo a comprar ropa con la venia amabilísima de Noemí, que ya ella se adjudicaba la postura previsora de un triunfo no remoto, desde el instante mismo de la sustitución: *¡Vaya tranquilo a hacer lo que le plazca! Nos vemos aquí en dos horas.* Pues por supuesto que Ponciano tenía que ser fiel a su propósito: él iba e iba: sus pasos rítmicos lo hacían más pretencioso. Su curiosidad abarcó sólo cuatro tiendas no muy surtidas. Tampoco había tantas en Sombrerete. Quería comprar ropa vaquera, de esa que se ajusta al cuerpo como para hacerlo presumible y suato. Comparar calidades con estudiosa lentitud. Saber esquivar el engaño de los vistazos. No decidirse por nada hasta que por hartazgo: ¡ya!, y lo más de fondo: ni de chiste buscar estereotiparse: nada de sombrero ni de botas, por lo cual: vaquero a medias, lo de «a medias» podría repercutir en una «total originalidad». Al fin Ponciano halló lo que deseaba acorde con los precios que consideró más razonables. Compró cuatro camisas y cuatro pantalones. También un cinto pitiado. No traía reloj, pero supuso que todavía le quedaba una hora de descanso. Lo más preciso es decir que salió vestido con la camisa más floreada y el pantalón más oscuro. ¿Adónde dirigirse? Obvio: sólo por dejar el bulto de la compra tenía que ir a la casa de Sixto, pero qué tal si se presentaba ante su amigo (delincuente) luciendo esa hartura novedosa, nada más para demostrarle que ya estaba saliendo de su pudrimiento anterior. El ímpetu pedestre a contracorriente de una supuesta postración. *¡Mírame!, estoy progresando*. Y fue, pues, muy movedor de brazos para adelante y para atrás: ritmo que sí: AFANOSO, rumbo a la casita desmirriada. Sin embargo, durante el trayecto tenía que aparecer a poco un pormenor que días antes ya le repiqueteaba las sienes: ser un asalariado: exigirlo. Salario de acuerdo con el progreso evidente del estanquillo que estaba a un tris –ahora sí– de ser una tienda archisurtida, pero, mmm, tal vez en un par de días sería el tiempo óptimo para, mmm, ¿cómo le diría a Noemí su pretensión económica?, ¿con qué suavidad ideal? Con facultad maricona ¿ajena? La vocecita doliente, pero aplomada, como la de un sacerdote que profiere oraciones con gracia... Por ahí la forma... Dicción femenina para una obtención descarada, grande, significativa. Fingimiento. Teatro: por una vez en la vida: hipocresía: maneras que convencen, pese a portar ropa machorrina, de vaquero ele-

97

gante: eso: «vaquero elegante» fue la noción espontánea que le enjaretó Sixto Araiza al ver la nueva pinta de persona. Pinta de paseante irreflexivo: nada más. Algo parecido a la extravagancia que merece un ahorcamiento con bramante.

Compra comprensible.

Aunque...

2

Sixto lo vio irse: fantasma vaquero. Puerta abierta para ver el desdibujo a modo de descarga: casi exhumación ilógica: fragmentos de Ponciano: cada vez más pequeños, hasta que ya ni una partícula se distinguía. Desaparición onírica, cobrando realidad en un ámbito gris: ¿tal vez?; y más aún: cobrando salario en lo escondido, como si él y Noemí se hubiesen arreglado risueñamente, apañadamente. Salario –a contracurso– exorbitante: ¿acaso? Lo real: acá: las ausencias tácticas de Noemí, mismas que podían entenderse de este modo: menos horas, menos menús, menos visitas... El tío en ascuas.

Vale hacer aquí una recapitulación jaladora de escenas e ideas. Desde mucho tiempo atrás Sixto Araiza fue un porfiado ahorrador que a la larga obtuvo utilidad. Esfuerzo y sacrificio traileros como norma, a bien de ir avanzando por la vida con una inteligente estrechez. Soltero, como se sabe, vislumbró a tiempo que de casarse tendría muchos gastos, y más si había prole. Entonces más lucha sin ver nada claro. Pues mejor no. El albedrío conceptual debía corresponder a una restricción harto entrampada: por ende: por ahí alrededor de los cuarenta años efectuó la compra de

la casita en una buena zona de Sombrerete: casita tan suya, suya, suya: pertrecho vitalicio que tuvo como base un
triunfo sudado, es decir, a través de muchos años de ser
exprimido por aquel señor orondo Serafín Farías: mugre
engendro que parecía carcajearse de regocijo las veinticuatro horas del día. Pero la humildad trabajadora, ilusiona-
da, no le sirvió a Sixto para que el patrón le aumentara el
sueldo de manera significativa, como agradecimiento (tampoco a Ponciano), y los efectos, ya cual síntoma de grave-
dad, redundaron en triplicar el esfuerzo: más viajes, más
frenesí imparable como perfección del ahínco, menos sueño, menos asueto: casi nunca: durante años. No vislumbrar siquiera la posibilidad de una semana de descanso, y
el ahorro cual goteo, cual contrapunto, la tenacidad que
en sí misma era (y es) ejemplo. Lo vertical cimero, inflexi-
ble y, bueno, la culminación ascendente de un personaje
que jamás tuvo suerte. Modelo ¿para quién?, para Noemí,
la única sobrina que vivía en Sombrerete, para la madre de
ella: prima en segundo grado de Sixto. Nomás para ellas
dos. ¡Ea!

En resumen, se puede decir que Sixto Araiza tenía dinero para vivir su vejez: cosa de entre quince o veinte años,
a partir de...

Vida modesta: más y más.

La reducción económica por necesidad y tras andar analizando a la fuerza.

Pero lo del asesinato... Lo posterior.

Cálculo. Cortedad.

¿Qué sentido tenía ser viejo?

¿Para qué ese aprendizaje hastiado?

Y lo mejor...

Pensar en un acabamiento en la cárcel: morir allí, que
lo mataran los mismos presos, siendo que él se esmeraría en

provocarlos tarde, noche y mañana para... Plan interiorista, esto es, jamás compartido con Ponciano, a sabiendas de que si se lo hubiese dado a conocer desde mucho antes, aquél nomás no se habría animado a... O quién sabe cuáles fueron las razones por las que Ponciano se propuso conseguir una pistola y... De hecho, ignorar qué y qué... Porque también debe saberse que noche a noche esos amigos platicaban a modo de irse durmiendo a poco. Pláticas baldías, sin repuje ni relieve, como si ambos se obstinaran en sacarle la vuelta a un meollo que para qué reconocerlo como tal: sí: ¡tan suyo!, pero... Ninguna advertencia mínima, puro velo sobre... Lo opuesto abúlico de transitar por las frases (unas largas, otras cortas) incidiendo en superficialidades que, ¡caray!, ¿hasta dónde? Pero hubo una vez que sí, que hubo enganche indirecto que, bueno, ¡ni modo! Lo frontal: ¡ya!: debió aparecer. Crasa incidencia: la plática, ocurrida dos días antes de que Ponciano anduviera comprando la susodicha ropa vaquera, al respecto ¿qué pretendía? Pues ahora sí ya estuvo, vale tomar un fragmento de lo que hablaron:

–Oye, Sixto, ¿te has puesto a pensar en qué nos beneficia haber asesinado a don Serafín?

–Uh, pues en que nada más tenemos a nuestro favor el orgullo de la venganza.

–¿Y eso para qué nos sirve?

–Recuerda que nos pagaba muy mal y hasta se reía de nosotros, ¿te parece poco?

–Sí, es cierto, tantos años de friega... Ahora me doy cuenta que a los demás trabajadores no los trató tan mal.

–¿Y eso cómo lo sabes?

–Lo supongo, pero...

–Yo platiqué con muchos de ellos y no había uno que no se quejara del abuso y de la mala paga... Nosotros fuimos los únicos que le duramos más de veinte años.

–Sí, los otros le duraban cuando mucho unos dos años. Puede decirse que dos años eran bastantes.

–Entonces, ya te queda claro. A todos nos explotó, pero nosotros fuimos los más aguantadores.

–Y ahora que ya se sabe lo del crimen, ¿tú crees que alguno de esos trabajadores nos delate ante la policía?

Larga respuesta especulativa, con aire y asfixia, también con hijez final. Merodeo ocioso, además. Prisa y luego parsimonia: todo inútil. De molde las conjeturas de uno y de otro. Y lo claro ¡nunca!, pese a sus intentos.

Pero el dinero de Sixto. Sus ahorros de por vida. Secreto que no lo fue tanto porque una vez Ponciano le preguntó de qué estaba viviendo, habida cuenta de que lo veía buenamente ocioso, consumiéndose entretenido con revistas repletas de crucigramas abstrusos, como si ésa fuera la resulta de tantos años de soba, y a ver: la explicación, algo que fuese convincente, eso sí, porque una evasiva irónica no podría cuadrarle al preguntón o usted diga si sí. Pues lo que podía ser una respuesta lúcida tuvo algo de opacidad, fue sesgada: como que: ¡puta!, ¡qué diantres!, y la insistencia, pero más sesgo a fin de cuentas, vapor de palabras que daba toda la figuración de una verdad, la cual ofrecía atisbos múltiples, ¿eh?

La aproximación de la aproximación de la aproximación que casi ya no era.

Por ejemplo: parecía tratarse de una adivinanza el hecho de saber en dónde escondía Sixto sus ahorros ¿en el banco o en qué lugar de la casa? Ponciano preguntó, pero... *No te lo voy a decir*. Secreto: amarre eterno, simplemente porque de esa manera se sentía bastante misterioso, y, según él, una persona debe tener en sí mismo algo vedado (para siempre) a los demás. Respeto por desconocimiento. Magnetismo propio, expansivo, pero por la ignorancia circundante. Una dosis de enigma (oh intimidad) y... la atracción –a tientas– ¿poca?, ¿mucha?... Lo que sí podía confesar el anfitrión era lo más presumible de sí mismo: la ayuda sistemática que prestó durante años a Raquelita y a Noemí. Cuéntese que la primera se quedó viuda desde muy joven, a su esposo lo mataron en una cantina, le metieron cuatro balazos: uno en la cabeza, otro en el corazón y dos en la panza, por ende ella tuvo que partirse el lomo haciéndola de todo, dado que su hija era todavía una bebita, y siendo bebita ¡pues qué lata! En tal sentido, no tiene ningún caso enumerar la cuantía de chambas que ejerció Raquelita, nomás con decir que hasta de puta anduvo, pero ese oficio lo dejó pronto porque no era tan agraciada como para gustarle a muchos pelados. Era tuerta y cachetona, o sea... tuerta seguía siendo, pero lo cachetona se le quitó a raíz de que bien rápido dio un viejazo inusitado. Bueno, a partir del viejazo vino la ayuda de Sixto: mensualidades útiles porque por más que trabajaba la señora nomás no... y Noemí que no acababa de crecer... y las enfermedades de la esforzada... y la bondad de Sixto como basamento... Ésa fue la razón por la que Noemí, toda vez que ya había embarnecido, le recompensó a su tío con otros favores, es que el tío ya era una especie de ídolo muy encumbrado y ¡pues sí!, se conoce la recompensa: hacerle con afán la limpieza de la casita; hacerle los menús suculentos. Poca paga ¡uh! Cada tres días, sin falta. Aunque «la falta» vino: porque: una semana de ausencia... ¿se entiende?... Bueno, hay que decirlo así: la infelicidad de Sixto ya tenía una silueta.

Silueta informe que él no quería estilizar con tan sólo quedarse inmóvil y lleno de ideas negras. Cierto que en principio quiso utilizar a Ponciano para que éste intercediera amablemente, pero el huésped se zafó argumentando

103

que aquello no era asunto suyo, que buscara a su sobrina para... frente a frente lo bonísimo, como podía ser el rejuego de las preguntas y las respuestas pertinentes. ¡Ándale! Y aire resuelto a cosa hecha y al punto: como si hubiese recibido un pinchazo en el trasero: ir al estanquillo, sólo que no llegar en compañía de Ponciano... es que las suspicacias... Aparecerse con independencia: Sixto: la espontaneidad, la serenidad. Habría transformaciones en tanto Noemí viera con ojos pelones a su tío ¿aún adorado?

Tan relajada que estaba la chaparra con el decurso de la prosperidad: montón de clientes esperando ser atendidos. Ponciano y Tulio ocupados, concentrados, al igual que... Un aprieto, pues. Miradas puestas en los objetos en vías de despacho: cuando –como un defecto– llegó Sixto, ruidoso, a deshacer todos los ringorrangos propios del negocio, diciendo de golpe que necesitaba hablar con ésa, la llamada NOEMÍ, y la señaló con su dedo índice derecho. Exigencia impulsiva que al cabo se convirtió en melindre suavísimo: *¿Puedo hablar contigo?* La expectativa general de los tantos clientes, al igual que las actitudes lechuzas de Tulio y Ponciano, fue silenciosa y mirona. Se apartaban mujer y hombre, a lo que: ¿hasta dónde encontrarían un recodo callejero? Lo encontraron a una cuadra del estanquillo.

–¿Por qué no has ido a hacerme la limpieza de la casa ni a prepararme los menús?

–Ya no tengo tiempo, tío, he descuidado, incluso, a mi madre, sólo a ratos estoy con ella.

–¿Y eso?

–Me está yendo muy bien en el estanquillo, es un negocio que está creciendo día con día y no pienso desaprovechar la buena racha.

–¿Y si te pago mucho más por los quehaceres?

–No, tío, discúlpeme. Usted puede conseguir a alguien que le ayude... y ahora discúlpeme de nuevo... tengo que atender a la clientela.

Capítulo cerrado, al parecer. Merma y desastre en alud, o algo voluminoso que se hubo de impactar en el espíritu supuestamente afable de Sixto. Impacto y desarticulación porque Noemí era, por el momento, insustituible, sobre todo en lo tocante a trabajar de gratis, en consecuencia: a ver ¡¿quién?!, buscar ¡¿por dónde?!... Lo que sí que nunca encontraría a una mujercita tan ducha, discreta menos. Nadie, ay. Y lo impulsivo como tropiezo inmerecido: Ponciano ¡hacendoso! Imposible, ya que sólo de imaginar que a causa de la compra de ropa vaquera aquél estaba recibiendo un sueldazo porque se ponía unas sobas diarias que para qué imaginarlas: y: total transformación de todo: un revés que proyectaba una enorme pretexta. Vuelco del azar que amaga con discurrir como una contradicción que pronto sería gigantesca y ni adónde hacerse ni qué modificar ni transgredir. Vuelta a casa para ¿hacer crucigramas?, menudo ánimo matador. Ahora había que hacer las cosas por sí mismo: el trabajo doméstico cual pertenencia de vencida: ¡ni modo! Sin embargo, en la psique de Sixto se fue perfilando un matiz de venganza. Terminó de perfilarse durante una mañana cualquiera. Sixto acudió al estanquillo con pasos bien dados, quería enfrentar a Ponciano a fin de escupirle su decisión tajante. Lo hizo cuando llegó. Había mucha clientela compradora y de todos modos él levantó el dedo índice derecho señalando al despachador: *¡¡¡Tú!!!* Luego le dijo que ya no lo alojaría en su casa –todos oyeron–, esbozando de inmediato la causa: que porque ya ganaba un sueldazo; que porque ya podía rentar un cuarto amueblado. Lo cierto de esto dicho era sólo a medias. Sí que Noemí le daba algunos pesos a diario, lo mismo que al chamaquito vivaz: premio a su honradez (y a la joda), porque hay que decir que ninguno de los dos dependientes robaba mañosamente billetes, monedas, nada, siendo que era tan fácil. Es que el estanquillo no contaba aún con caja registradora, sino, como se sabe, había una cajita de latón escondida debajo del mostrador: así los agaches constantes para meter dinero y entregar el cambio, y ante tal disyuntiva no quedaba de otra que ir al grano: las utilidades allí al final del día, pero todo eso se puede deducir poniendo por encima la palabra «honradez», como si Dios hubiese signado a Noemí –de unos días a la fecha– como una «suertuda». Sin embargo, a partir de ese día ya no, porque Sixto le dijo a Ponciano que se saliera de su casa, además de que el ahora ex huésped tenía que recoger de una vez su ropa vaquera. El salario de Ponciano no era suficiente como para rentar un cuarto amueblado ni nada semejante. Por lo que Noemí salió al quite: *Yo a usted, Ponciano, lo voy a asilar en mi casa a partir de ahora mismo.* La frase fue gritada con sumo ardor por la chaparra: frase-carambola: porque fue dirigida a Sixto. Contra una decisión tan determinante no quedaba más que tomar otra igual.

Lo procedente (sorpresivo): la ida de Ponciano a casa de ese señor tramposo, por ocioso, a recoger lo poco recogible de él. Todo ese procedimiento se efectuó en absoluto silencio. Dos que no se hablaron. Dos que ni se miraron, siquiera para hacerse una mueca desagradable. Dos que antes sí fueron bien amigos, pero que ahora punto y aparte: ahora eran un par de desconocidos que andan juntos a la fuerza. Asesinos, maleantes, humildes traileros, cómplices durante años, almas gemelas que ya no, que ya tal vez cuándo y cómo. Dos que ya ni se apreciaban ni se necesitaban.

Y he aquí, al final, esta escena en desdibujo: un Ponciano abatido que camina con su ropa vaquera en la mano, rumbo al estanquillo. La llegada como derrota, pero el aliciente en sazón de Noemí: *Mi casa es más chica que la de mi tío, aunque no tanto como para que usted no quepa.* Ahora lo que conviene es pasar a lo sucedido esa misma noche en ese espacio tan compacto: el acomodo intrincado, cada movimiento hecho con exactitud: porque de veras hay que contar a la viejita Raquelita a la que cualquier torsión le afectaba: ¡ay!, o sea: el ajuste de cuerpos que vino a ser como una absorción culminante, vista desde una altura equis. Los cuerpos se rozaban: calor-frescura: ¡qué bonito! Quién sabe cómo terminaron colocados que la «blandura» fue un aspecto fundamental. Por un lado a Ponciano lo rozaba Noemí y por el otro Raquelita. Cama grande para tres: tamañota. Nunca en el suelo de tierra: suciedad: ¡sí!, ¡mucha!, y para qué pensar en eso. Pero ahora hay que detallar lo siguiente: la cabeza en forma de papaya de Noemí se podía recargar en el brazo flaco de Ponciano, lo mismo que la cabeza monís de Raquelita. Dos cabezas tocando los brazos feos del sesentón: en la noche, y así el dormir asaz incompleto de tres: manumisos quizá, tomando el tema de hilar un sueño que de alguna forma se dividía al triple: viso fortuito. Y así pasaron unas cuatro noches en idéntica posición: el aprieto y lo efusivo naciente, ya como trivialidad, si así se quiere juzgar, porque una vez concluidas las duras jornadas en el estanquillo, tenidas como atareo sin freno, pues el descanso rígido parecía más un esfuerzo que un alivio, a lo que se debe añadir que el contacto de pieles así nomás tenía que redundar en un gusto que a poco podía ser afectuoso, aunque si se le entiende de una manera discreta y decente, pues la juntura entre Noemí y Ponciano era diez veces más importante que la juntura entre Ponciano y Raquelita. Sin embargo, nada de amor: ni para allá ni para acá. Jamás una palabra cariñosa ni de él ni de ella. Pura mudez que expresa cualquier cosa inútil. Y el gusto: un contrapunto, cual una disolución que no ofrecía variantes. No hay que pensar en la viejita jodida, sino en Noemí y Ponciano: juventud conchabada con vejez, a bien de un allegamiento que estaba signado por un respeto gigantesco. Roce nocturno acompañado de una exterioridad gélida y venial. No forzar nada porque un derrumbe como resulta sentimental contradictoria... en esas circunstancias... Bueno, aquí cabe sólo un dato: los tres se dormían vestidos con la ropa que habían usado durante el día. Si querían cambiarse, pues estaba el baño. Meterse. La ropa vaquera: usarla: sobre todo las camisas. También Noemí: otras prendas de una sola pieza. Jamás las blusas y las faldas, las combinaciones fifí: ¿para qué?, puesto que eran usanzas urbanas. Entonces lo facilón: ¡zas!: el arreglo: ¡lo más breve: chulo!, y a trabajar con fe. Ahora que, por lo que se refiere a Raquelita, basta decir que Noemí la cambiaba de ropa cada tercer día: ¡claro!: en el baño eso costoso de poner. Mmm, enseguida lo que vale la pena traer a cuento es el progreso del estanquillo. Tanto que ya no había dónde colocar la hartura de mercancía, hecho que por supuesto puso a pensar a la chaparra: ideas puras de crecimiento. Un nuevo local, aunque céntrico... ¡qué difícil era la conformación de ese deseo! En toda el área del corazón de Sombrerete no existía siquiera un cuarto de veinte por veinte metros. El negocio requería uno de cuarenta por cuarenta metros, por lo menos, y el estanquillo tenía apenas un espacio de quince por quince metros. Con esto dicho, ya quien sea puede imaginar toda la clase de acrobacias para el acomodo de abarrotes que tenían que hacer Noemí, Ponciano y Tulio... Hasta eso que nunca ninguno de ellos tuvo un accidente por andar trepándose tan con riesgo por aquí y por allá.

Se puede decir que el nivel de concurrencia al estanquillo no había descendido ni al dos por uno en todos esos días en los que el trío laboraba, desde temprano hasta el anochecer, sin respiro, sin siestas furris, o sea: puro profesionalismo. De modo que las historias de Ponciano, delante de Noemí, ni para cuándo, y eso que los deseosos de oír falacias acudían al negocito en diferentes horas, pero es que hasta en pleno mediodía el atiborre seguía a porrillo. Alguien alguna vez le dijo a Ponciano: *Préstenos un poco de su tiempo, no sea malo*, pero la disposición legítima de éste, pues sí, pero no, por ende: sus disculpas, ya a punto de ser un juguete verbal vulgar usado.

Tampoco debería haber chacota en el modo de disculparse del fuereño sesentón: que una mera frase subconsciente fuese la premisa de algo exuberante; que se le exigieran al cuentacuentos más engarces insólitos como para que de ahí en adelante lo festivo apareciera sin querer, pero no, ni eso, sino el desasimiento que al paso de los días se iba afilando: «no puedo»; «no tengo tiempo»; «tal vez mañana sí»: excusas; aunque el error residía en espetar, en automático, ese último envite invitador: «tal vez mañana sí» redundando en efectos que de algún modo eran deseados por Noemí y hasta por el chamaco Tulio: el regreso de los que se quedaban con las ganas de oír ¡qué!, migajas de una trama: ¡apenas!, y ¡claro!: no todos los interesados volvían, empero, a lo que se quiere llegar es a que algunos de los reincidentes compraban cualquier cosa y hete aquí lo oculto de una fama que al fin y al cabo repercutía en sacar raja siempre en aras de seguir sacando. Historias no, pero su promesa de un desarrollo que quizá... lo tan inexacto... lo trivial... lo eximido... Una muralla de negaciones se había formado a raíz del florecimiento del estanquillo, todo contribuía a reforzar lo inabordable: la visita diaria de proveedores, por ejemplo, amén de la cifra nunca decreciente de clientela, sea que la susodicha ya identificaba ese changarro como un lugar donde se podían conseguir las baratijas más impensadas. Pequeñas novedades en Sombrerete, justo en una pequeñez de pequeñeces: ¡lo increíble haciéndose!, como si se tratara de un punto con hondura: hoyo para almacenar imaginería, acopio de diversidades que caben; que sí, de plano; que ¡vaya! Ésa era otra de las grandes razones de la asistencia a... lo nuevo dislocado: cada día: a ver ¡PUES!, ¿acaso nomás enterarse? Desde luego. Pero la compra tímida ¡TAMBIÉN!, lo que devino en solaz cotidiano. La colectividad: ¿cuánta? Sería presumible afirmar que todo el pueblo había acudido por lo menos una vez al estanquillo de Noemí que aunque no se crea no tenía razón social, alguna vez la chaparra pensó que si le daban un nombre la mala suerte se presentaría lo antes posible, sobre todo ahora que estaba a punto de reventar de éxito. La subida no debía interrumpirse porque lo preclaro ya parecía transparentarse y la transparencia no tiene fondo ni superficie y no hay espacio mínimo para alguna mancha ni nada que se le asemeje y si se quiere destacar algo que pudiese afectar a lo ya de por sí traslucido pues basta mencionar un detalle que, cierto, incomodó un poco, pero que se fue diluyendo como si goteara cada vez menos: Sixto visitaba el estanquillo todos los días. No saludaba a Ponciano; a Tulio: a veces. Su objetivo era Noemí. Que le hiciera un hueco para una plática aparte. Ella accedía –entonces retiro no lejano; una distancia bien visible para Ponciano y Tulio; una perspectiva de calle, campo más atrás y alcores más allá–. Así lo visto se sobrentendía y se sobrellevaba. Dos personas medio arrinconadas, de las

110

cuales una proponía mientras que la otra decía que no moviendo con brusquedad su dedo índice derecho. ¡No y nomás no!: muchas veces el paseo de la mano hacia allá y hacia acá. Es que Sixto quería hacer figura en Noemí: que le ayudara en la casa; que le pagaría algo sustancioso, pese a que él tuvo la responsabilidad durante largo tiempo de pasarle a ella y a su madre, como se sabe, una mensualidad no jugosa, pero tampoco nomás cumplidora. Argumento de peso. Reproche. Coraje. Aplomo. Pues ni por ésas... Y la cosa es que las visitas de Sixto se incrementaban. Al principio una visita por día, con la petición de la plática aparte: no lejos: se repite. Pero luego... Dedúzcase lo del dedo índice –de ya se sabe quién– que continuaba negando, por supuesto que negando con espíritu amable, dicho sea, aunque con interioridad oronda femenina. Interioridad manifiesta en ese además todavía tanteador, pero también severo, cada vez más rápido.

Se puede decir que el ruego de Sixto duró de lunes a lunes. Durante los últimos tres días las visitas fueron en la mañana, al mediodía y en la tarde. El aparte reincidente, como sello con recale... Escenas iguales, por cuanto que urgía una conclusión, misma que...

Derrota.

Caminar entristecido de Sixto, que a estas alturas se le notaba medio macilento. Es que el cambio de vida: tal vuelco de revés: él: cocinero de sí mismo; él: criado de sí mismo; él: como visitante del médico lugareño, yendo al hospitalito por su propio pie. Y la compra de medicinas y la compra de víveres, esto último no en el estanquillo de su sobrina, sino en cualquier otra tienda de abarrotes que en Sombrerete había, aunque bien surtidas, ¡puf! Lo desilusionante era que no. Y un aguante que paulatinamente se hacía rasposo como si de modo indirecto proyectara una piojería por venir. Pero la traición humana... La traición que viene de las personas que jamás nadie alcanza a imaginar.

La ingenuidad que se infla contra el desconcierto que pincha...

Traición también para Raquelita: la abandonada, la que tenía que hacer menesteres por sí misma, al igual que Sixto: la comida, las idas al baño, los malestares cuyo remedio dependía de ella. La viejita imposibilitada que lloraba sin tener siquiera el consuelo de un gato acompañante o de un perro que le ladrara al mundo cuando ella emitía algún quejido.

Todo el santo día la postración, la cauda de debilidades sin derrotero benigno... Bah, durante las noches se desquitaba... Con sólo ver (y sentir) llegar a Noemí y a Ponciano, de inmediato el «bu» entendible. Raquelita desatando su griterío anciano, sólo que parecía mala actriz, se le notaba lo tumbona a fuerzas, siendo que ella misma se quería infundir una gratificación al saberse digna nomás por hacer una batahola de sufrimiento que ni la chaparra ni el sesentón creían ni pizca.

Por más que Raquelita esbozara cuanto le había ocurrido durante el día, la serie de torpezas aunadas a los achaques propios de la vejez: ¡pues no!, y si tal vez, ¡pues de todos modos no!, más aún porque había una frase que de tan burda parecía batidora, misma que Noemí profería con ínfulas de campeona adinerada: *No puedo desaprovechar mi buena racha*. Si no era ahora, cuándo. Tono estuoso sin posibilidad de chapuz, a bien de dejar huella letra por letra. Lo floreciente... que no se detuviera: empujarlo con toda la imperfección habida y por haber, pero hacer sin ver a los lados, y menos hacia atrás... Edificio artificial que añade pisos y más pisos y que jamás podría completarse. Mejor que Raquelita se encomendara a Dios. Los rezos son (y serán) la palanca de la creencia más crasa... Dios es sensible, ¿verdad? Dios es comprensivo, clemente, despejado siempre. Es dueño de una piedad del tamaño de muchos universos impensados.

Así que...

Sin embargo, persistía la queja diaria de, mmm, si se pudiese ver el deterioro descolorido de Raquelita, cada vez más pasita, cada vez más caduca, incluso en las últimas noches ya ni gritar podía, le salían puros enredos de súplica enfadosa que eran una sarta de zurridos desarticulados, demasiados gestos para tan poca eufonía, demasiado complemento de emisión sin chiste. Y ahora viene el tapujo promisorio de Noemí, mismo que consistía en que en unas dos semanas más –si todo seguía yendo como estaba yendo– la hija podía llevar a la madre a una ciudad como Torreón, o Zacatecas, o Durango para que la viejita pudiera ser atendida por un médico eminente.

¡¿Eh?!

Como se oye.

Promesa de promesas.

Señal de la cruz: visible, móvil en lo más alto.

Ponciano oyó aquello como si cada palabra de la chaparra fuese un estigma de índole celestial.

¡Qué ascenso frenético!

Más aún porque Noemí seguía añadiendo propósitos fantasmagóricos que de tan irreales quizá no se cumplieran ni en un cinco por ciento, acaso tampoco ni en un uno por ciento. Es que la ahora comerciante hablaba de llevar a la viejita al hospital más caro de la región esa, uno que tuviese la tecnología más avanzada; uno donde los médicos, más que médicos, fuesen unos científicos hechos y derechos, de esos que ganan premios mundiales y que trascienden por los siglos de los siglos.

Pero no paraba ahí, porque luego de la gran causa seguía un efecto que, bueno, queda a consideración, si es que el efecto merece lo más óptimo, que pudiera ser más o menos como sigue: quiérase que una vez que la viejita sanara bien a bien, sería trasladada al mejor asilo regional, uno que oliera a fragancia juvenil y en donde las enfermeras se mantuvieran con la sonrisa perpetua, cual estampa facial nada fingida. Ellas serviciales y bonitas, bien comprensivas e incansables. Enfermeras chichonas. Asilo de lujo. Comida de lujo. Médicos elegantes y facultativos y hasta intendentes bien vestidos y muy bien bañados. Un lugar donde morir fuese una delicia a todo dar, algo que se apaga entre formas cariciosas y colores tenues expresivos... Gran discurso con hilo de más, tenía que ser. Gran discurso que sirvió para que Raquelita se fuera yendo hacia la nada que sucumbe. Hacia la paradoja que deja entreabierto (y plausible) un asomo de nimiedad que tal vez no. La contundencia del apagamiento a poco minado por una fuerza desconocida: Dios sensible. Lo sin tiempo: ¡allí!: calando, sin que Noemí ni Ponciano se percataran de la lenta cerrada de ojos. Una despedida suave ex profeso, bajo una oblonga plenitud muda... Y la chaparra siguió hablando de ensoñaciones cuya inverosimilitud estaba al alcance, y el oídor Ponciano era quien se hacía un montaje de figureo sobre figureo. Escenas distantes que se desvanecían para dar paso a otras igualmente efímeras... Descomposición armoniosa.

Pero el silencio se hizo tan ostensible que pareció vibrar. Entonces los virajes de ella y de él, en la semioscuridad apretada.

Impulso. Sacudimiento. Cuatro manos que actuaron. La desesperación duró sólo un minuto.

Raquelita santa. Cara de figura de cera: casi... Emblema con luz propia.

Tenía que suceder cuando menos se esperaba.

El magma de la eficacia mortal.

La indefensión que se sublima.

Pero lo práctico de inmediato. Una muerta en la noche. ¿Dormir con ella... en la cama? ¡Horror! Lo más horrible de la muerte es que no expresa siquiera una minucia para que los que la ven interpreten lo más maravilloso de lo que se ha ido y sin embargo está allí, secándose. Pronto Noemí y Ponciano decidieron sacar a la muerta al pequeño traspatio de la casita: un espacio de tres por tres metros, o quizá un poco más. Que Raquelita durmiera a la intemperie, incluso descobijada, ¿quién la iba a ver? Ellos sabían que la muerta no se iba a mover de allí en toda la noche. Entonces la ventolera exterior actuante. Recio decurso, como para despeinar un poco al cadáver reciente.

Vuelco.

La evidencia: los nervios que chocaban. Noemí y Ponciano querían moverse al tiempo que rayaba el alba, pero ¿adónde ir? En una de las orillas de Sombrerete había una funeraria muy reducida –noción–, una pintada de gris, con capilla ardiente de veras bien chica. A saber si allí había ataúdes de todos los precios, si eso era cierto ¿cuál sería el más barato?, ¿cuánto?... Enterarse en menos de media hora. Correrío hasta la orilla suroeste... Pero... Tulio: descartado (era tan temprano). También el sesentón. También la chaparra. Entonces, esperar. Había el temor de que la muerta se pudriera antes de tiempo.

No, tampoco era para tanto. Los muertos pierden frescura después de veinticuatro horas, o por ahí, así que... A las nueve de la mañana abrían el estanquillo, a esa hora la llegada de Tulio. Ay. Triunfo, porque él era el correlón que podía traer una lista de precios de ataúdes bonísimos o rústicos o, de plano, tras saber lo mero importante, ir con un carpintero nomás para comparar el qué de qué de lo caro y lo que no: lo conveniente y, sobre todo, lo relacionado con la rapidez, porque veamos, también se cuenta lo del transporte: ¿quién traería el ataúd hasta la casa de Noemí?, además, lo de la carroza: ¿había? Averiguarlo. Pero, mmm, lo que sí que la chaparra anhelaba deshacerse de su madre muerta lo antes posible. Enterrarla y punto: sin velorio, sin rezos hipócritas, ¿o no? Sí, ¡claro!, llorar un poco, dado que no era para menos: es que una madre es una madre, pero, por otra parte, nada más de pensar en que a causa del fallecimiento de Raquelita la obligación sería cerrar, por lo menos, durante dos días el estanquillo y eso del aprovechamiento de la buena racha, pues...

Chispa oportuna: en un momento dado Noemí y Ponciano decidieron meter el cadáver al interior de la casita. Acomodo en la única cama enorme. Dejar allí eso porque ellos tenían que irse. Nada de contemplaciones tontas cual sinónimo de pérdida de tiempo. La actividad lucida resultante. La celeridad ya bosquejada para lo del asunto de la compra clave de todo esto, también dicha de refilón...

La metida del cadáver a donde se dijo tenía su razón de ser. Es que como el susodicho iba a estar solo (e indefenso) a la intemperie, podían acercarse los buitres (novedad caprichosa) y en un dos por tres darse un festín saboreando la carnosidad muerta de doña Raquelita y pues había que considerar el riesgo. De modo que adentro... No estaría mal que cubrieran ese cuerpecito con una sábana blanca, incluso no importaba que los pies quedaran destapados, pero la cara, las arrugas como zanjas más y más hendidas, la semisonrisa macabra, ¿eh?, para qué exhibir lo doloroso que es echarle un vistazo a una gestualidad que jamás va a cambiar. Por ende: ¡ya! E irse al estanquillo este par, a bien de encontrarse con el utilísimo Tulio, lo cual ocurrió. ¡Ea!

116

Pues se suscitaron los movimientos a partir de los acuerdos, los grados de urgencia que se trompicaban. Puro arrebato, en principio, como un indicio a marcha martillo propiciatorio de tres sensateces que a ver cuál se imponía. La mayor agudeza, por no decir la mayor exactitud, fue la de Tulio: ¡qué inteligente se estaba volviendo!, de por sí ya se había convertido en el oráculo de los precios: se los sabía todos al dedillo y bastaba con preguntarle uno raro para... Bueno, pues él andaría de aquí para allá. Se adjudicó un caudal de responsabilidades. Le avisaría a Sixto del esperado deceso, arreglaría lo del panteón, lo del ataúd, lo del transporte y por ahí hay que imaginar qué tantas iniciativas poblarían su mente. Arreglo de cuanto fuera indispensable, ojalá que antes de que anocheciera, porque ¿velorio? No, descartado, ¿para qué acentuar el sufrimiento? ¡A la chingada el rezadero!, y luego las coronas de flores y los cirios y ¡válgame! No venía al caso la tal parafernalia despedidora. Preferible recordar a Raquelita cuando anduvo pimpante por esta vida de mierda. Recordar su lozanía, su sonrisa angelical, su manera de hablar tan graciosa y proclive al enredo. Eso. Lo que quedó sellado en este mundo, que no las expresiones finales tan desagradables, aquellos movimientos de boca cerrada incontrolables y horrendos. ¡Eso al diablo!, ¿verdad?

Y los arreglos cuajaron. Con decir que la gente de la funeraria hacía gala de una ingeniosa corrupción en cuanto a trámites enrevesados: que certificado de defunción; que permiso de uso de suelo panteonero y el blablablá relativo a los líos ministeriales que incluían los muy truculentos de la autopsia, pero la «gratificación» (sin pensar) dada por Tulio, a bien de hacer menudencia el trance del entierro... Todo debió ser una encomienda desmesurada para el chamaco –tal como se dijo–, quien fue un decha-

117

do de diligencia para dar con las soluciones más complejas, siendo que traía fajinas de billetes en los cuatro bolsillos de su pantalón. Acuerdo de tres para que las tantas transacciones por venir se resolvieran de manera expedita. Y la deducción insudada: alumno de nadie para eso de llegar a ajustanzas tan a la barata sin pensar si eran buenas o malas. ¿De dónde le vendría al chamaco tanto despeje? Lo que sí que se ausentó del estanquillo durante gran parte de la jornada de un equis día, estando de vuelta al filo de las siete de la tarde con su increíble vastedad de desenlaces de la que sólo cabe citar tres: la compra del ataúd (se obvia la búsqueda del mejor precio; la discusión con el vendedor de la funeraria orillera; el regateo simpático y el logro); el espacio de enterramiento en el panteón (otra compra, otro regateo, éste sí más salpimentado de necedades: un toma y daca durable entre el sepulturero y el chamaco que culminó en la victoria –algo enojosa– de este último), y lo de más quid –o diablura– fue el cómo y el qué de la acción transportadora: ¡que sí!: hasta la casa de la chaparra: largo convencimiento –la dirección, más un croquis hecho por Tulio–. Pero hasta el día siguiente a primera hora sería la recogida de la muerta, una traba razonable, por lo de la excavación rectangular de la fosa: tiempo al tiempo: coordinación de paso por paso o, mejor dicho, coincidencias entre la gente de la funeraria y la del panteón... Allá ellos y su engorro... Entonces la recogida en la casa para conducir a Raquelita a su destino final, no santos óleos ni misa de cuerpo presente, sino el acarreo en la cajuela de una camioneta como acarrear cualquier desecho algo voluminoso. El rumbo: la fosa esquinera del camposanto. Presunta rapidez, porque nada de cortejo fúnebre. Sin embargo: «hasta mañana»: ése fue el único «pero» con largueza, aunque por lo demás... la cuantía de detalles no dicha... imaginar el encadenamiento con (acaso) medianía de inferencias... por deslinde casual... las minucias intrincadas que no narró Tulio al presentarse tan resuelto y respirón en el estanquillo, haciendo la reseña de lo tenido por más redondo, como si cada asunto hecho durante el día fuese obra de una corazonada que apenas sí. Y con lo anterior aludido se pasa a una circunstancia mucho más evidente: Noemí y Ponciano trabajaron en el negocito con absoluta normalidad, es decir, a nadie le dijeron lo de Raquelita: ¿para qué hacer alharaca de algo que no tenía remedio? Lo del aviso a Sixto: uf: fue tan rápido que ya ni se contó la manera bruta de escupir lo fastidioso: que Raquelita: que purrum, que hasta nunca, adviértase el sofoco de ese Tulio, la cosa fue que a Sixto le pareció muy oscura la noticia aquella: un cumplido incompleto y a otra cosa, para lo cual hay que imaginar el disgusto de Tulio al hacer lo que hizo: su prisa cual de un pasavolante. Luego su media vuelta correlona y saltarina, o sea: la incógnita creciendo acá, justo de ese que terminó mirando al cielo sin ninguna idea, pero que cuando vio el suelo con buen detenimiento no tuvo más ocurrencia que echarse a andar: la mirada tras un menester concreto (ya viendo el horizonte delantero): así el ímpetu de ir presuroso hacia la aclaración localizada. Cierto que al llegar al meollo del meollo Noemí se portó muy distante con él, no se diga Ponciano y ya se puede inferir la razón. Sí, la sobrina tuvo que informarle lo del fallecimiento de su madre con la vista vuelta hacia otra parte. También con bisbiseo bien próximo al oído del tío: y: Raquelita muerta: la única pariente (prima segunda) que vivía en Sombrerete. Bueno, también Noemí –¡claro!– pariente, pero... El dolor automático intangible, un asomo de lágrima, aunque de inmediato la cordura, bajo el entendido de que esa prima había vivido tiempo de más: fue

una pesadez que día tras día se volvía más sórdida, semejante a una obstinación divina que se concretaba en una
expresión como ésta: *¡Que les cueste trabajo la viejita!*, la
voz de Dios (quizá) diciendo esa frase, como si allá en lo
más alto del cielo a él le hubiesen dado unas ganas irresis-
tibles de reírse largamente. Es que la vida era un engaño
con aura de fascinación enloquecida, dado que, ya muerta,
la prima accedía en directo a la realidad más real: la eter-
na: la nada que acaso consista en un supremo hallazgo
para siempre: lo no cambiante, lo perenne, lo que no es ni
rígido ni blando. En tales y cuales temáticas pensaba Sixto
tras haber encontrado un banco para sentarse y ver absor-
to las maneras avispadas de trabajar de la chaparra y el sesentón, acciones acompañadas de silencio porque los movimientos incesantes de la clientela estaban de no creerse.
Salir, entrar, la fe, el interés, mínimamente la desigualdad
de salir, entrar, pero la consistencia en firme: inenarrable.
Y la mirada de estatua de Sixto más el desconcierto de no
explicarse por qué ni Noemí ni Ponciano ni el chamaco
mensajero no le daban la noticia penosa a los clientes, de
los cuales algunos acudían al estanquillo con la mira de escuchar las historias estrambóticas de ese fuereño singular,
cuya fama de mitómano se había convertido en algo muy
platicado en Sombrerete, y ¡otra!, ¡otra!, ¡otra!, una talla
que fuera tan heroica como aquella que contó con ufanía
y aplomo, una en donde se había peleado a golpes con
diez policías fornidos y a cada uno pudo noquear de un
solo trancazo, huyendo tan rápido como gamo con el añadido de que no recibió ningún balazo por la espalda, pues
oír otra historia similar o más exagerada: ¡ándele!, pero las
ocupaciones abarroteras de unos días a la fecha...

Será para otra ocasión cuando sí. Ojalá que la próxima semana. Véase lo imparable de la dinámica diaria en

ese pequeñísimo lugar atiborrado de víveres. Promesa –por supuesto– de historias más disparatadas acorde con el retiro machucho de los deseosos de oír proezas. Ahora que: bien a bien el punto: lo de Raquelita: pues nada de nada: lo secreto: terco. La chaparra no quería recibir «pésames», siquiera algo indirecto como sí tuvo que ser el sentimiento mediano de Sixto cuando, con cierta impaciencia, se atrevió a preguntarle al oído a su sobrina y con voz apenas audible:

–¿A qué horas será el entierro?

–Usted puede ir al panteón mañana a partir de las nueve, allí en la puerta principal lo encontraremos.

De nuevo sacar el cadáver a la intemperie. Noche. Perplejidad, porque los buitres... pero es que cómo iban a dormir Noemí y Ponciano con alguien que ya no era de este mundo... lo flanquearían... ¿y el hedor?... En cambio en la intemperie el viento se llevaría lo desagradable para dispersarlo con gracia y desnivel. Aunque... existía la posibilidad de que esos animales voladores en mención dejaran a la mitad su banquete en cuanto notaran que una persona viva les decía: *¡Lárguense!* Noemí brusca o Ponciano brusco, pero lo que saltaría a la vista: el triperío en desorden de Raquelita exhibido con toda su magnificencia y repugnancia. De modo que echarle una cobija, más que una sábana, para cubrir tanta vergüenza que la verdad para qué entenderla. Ahora que: ¿cómo evitar eso?, pues revisando el cadáver cada media hora, por lo cual: no dormir, ni ella ni él podrían. Así lo acordaron: los turnos de cada uno y hay que calcular una hora, entonces, por persona y con tal regla ambos lograrían acaso echarse ligeros pestañeos, todo como una abierta confrontación contra la hambruna insolente de los buitres. Así la carga –a lo que saliera– (afuera) de Raquelita. La incomodidad. La perturbación. Ponciano tuvo el mayor peso: ¡asco!, mientras que Noemí sólo se limitó a sostener la tal cabeza canosa. Poner el cuerpo vejete en el suelo. Acto seguido: la cobija cual coraza. El respeto sólo por una noche, ya que luego en la fosa los gusanos harían de las suyas, ¿o no?

Lo otro: la fragosa colocación de ellos en la cama enorme para intentar un supuesto medio dormir. Usar las dos extremidades: lo correcto, en virtud de que juntos la chaparra y el sesentón, no, eso no, porque no estaban acostumbrados a abrazarse como enamorados ordinarios. Esa cama todavía era un templo lleno de frialdad. También sombrío. Además la inquietud por la muerta puesta a los cuatro vientos. Los ruidos externos dándose, como si durante toda esa noche fueran una resonancia marrullera.

Y como se dijo: cada media hora salía alguno de los dos: el incordio de la alternancia, en aumento. Y nada más fisgonear y los buitres no, por fortuna, y de nuevo los acuestes robotizados buscando una extremidad. Tampoco ni ella ni él serían capaces de inferir que la glotonería de esas aves horrendas fuese una suerte de travesura, esto es: que comieran y calcularan las medias horas de asomo para enseguida volar poco antes de ser vistas y zamparan vísceras cuando, mmm, ¿se intuye? Luego hay que agregar la barrera de la cobija, misma que era alzada por cada cual: esmerada revisión: y lo intacto: intacto estaba. ¡Vaya!, era absolutamente improbable que ocurriera una serie de escenas tan mañosas, cuéntese otra vez la vigilancia responsable cual seguimiento tácito... La secuela ya acababa buenamente: ninguno de los dos pudo dormir siquiera unos cinco minutos durante toda la noche. Sin embargo, el resultado: ¡qué gran éxito!

Aunque devino el desvelo manifiesto en la lentitud de movimientos (algo alarmante) de éstos, con el añadido de un enojo subconsciente que ambos no sabían si era tal; enojo mutuo construido al sesgo; enojo amenazado por una acción que terminaría hasta que enterraran bien a bien a Raquelita, un dale y dale que a ver cuántas horas les llevaría, siendo que hasta más allá de las tres de la tarde podrían dormir a pierna suelta. Pero el efecto ya se adivina: no abrirían el estanquillo: excepción enojosa, siendo que aquello era abierto sábados, domingos y hasta días festivos. Noemí resuelta a partirse el alma para salir de la pobreza, amén de enterarse de que la vida también podría ser una realidad colmada de albricias y colores y placeres delirantes. Pero la excepción: ¡chin!: como cierre de un capítulo laborioso cuyo remate era un entierro, el último filón de un pasado al que se le debía echar hartas paletadas de tierra y, bueno, lo concreto ya estaba por presentarse, como un codo de codos o como una fiesta que requería a lo sumo de una descripción rápida y precisa. Fiesta la llegada (próxima) de la camioneta que se llevaría a Raquelita, metida en su ataúd eterno. Fiesta el entierro: casi: más antes el viaje de Noemí y Ponciano en la cajuela de redilas acompañados de ¿cuánta gente cargadora?, en fin. Lo real fue que tres hombres de la funeraria, con todo el apresuramiento que estos engorros merecen, se dispusieron a cargar a la muerta (intacta: sí, je), a bien de meterla como un producto valioso en el ataúd de color turbio; subirla a la cajuela: por (con pote habilidad) dos cargadores que no sudaban, el otro era el chofer. ¡Listo!, ¡ea!, ¡hacia el panteón! Viaje de Noemí y Ponciano en... ¿Primera vez?

Al llegar a la expansión aquella, misma cuya puerta de entrada tenía unos veinte adornos de hierro, dos personas apostadas bajo una sombra corta saludaron con la mano en lo alto: adulto y niño: Sixto y Tulio: no se notaban bien, pero conforme les fue dando el sol sí: como que en

123

etapas más y más ardientes. Prestancia para ayudar: más del niño que del otro; más porque el susodicho tenía cuajo, amén de que había ventilado todo el procedimiento de las transacciones. Pero fueron los cargadores los que de contado llevaron el peso (nada agobiante) del ataúd rumbo a la fosa orillera y caminaban tan rápido que Noemí les gritó: *¡Oigan, avancen más despacio!* La dilación respetuosa –ah– de un grupo que además no deseaba llegar pronto a la meta en mención: meta noroeste donde dos sepultureros estaban fumando con pesimismo luego de haber concluido su labor. Así la llegada del grupo contrahecho que hasta entonces dejó oír quejumbres de llanto monís. Téngase que eran lágrimas de una sola persona: la mujer hija que se tapó la cara para no ver el descenso del ataúd: esa monta que habría de recibir paletadas de tierra: ¡órale!, más los puñados de eso mismo en derrame calmo: la señal de adiós terrenal efectuada por Ponciano, Sixto y Tulio. Noemí no –comprensible–. Noemí de espaldas, queriendo tener a deshora una suerte de fomento íntimo: lo que llegaría: deseaba lluvia menuda. Pero no... Cuando ya el entierro llegó a su punto final un sepulturero dio un aviso estentóreo: que la tumba sería una placa de cemento, misma que llevaría la siguiente inscripción: *Aquí yace Raquel Buentello Cruz*, sin fechas ni nada. Después de esto, Sixto se acercó a su sobrina con ansias de abrazarla expresivamente. Lo hizo. Es que la compasión ¡tan fina!... Noemí se dejó y su ablandamiento fue sentido por quien supuso que su enfado residía en la desfachatez del tío por haberle enjaretado a Ponciano. Cinismo ex profeso. Se trataba de un desconocido al que ella había empleado nada más por favorecer en abstracto a... pero, bueno, la decisión fue afortunada, porque –ya se sabe–: la prosperidad, la recompensa sin igual, la suerte que mana bien y más bien, que

124

sigue, que seguiría, ¡por supuesto que sí!: y: en un momento dado Sixto pensó que Noemí le tenía una sorpresa desagradable: algo parecido a un entuerto o a un escupitajo, pero no, sino que en vez de eso lo que hubo fue un sacudimiento de ella: *¡Por favor ya suélteme, tío!* Y la seca obediencia. Un zafe como dilucidación, en virtud de que los cargadores y el chofer ya iban deprisa con la mira de treparse en la camioneta y desaparecer lo antes posible. Noemí corrió tras ellos, pronto les dio alcance y les dijo: *¡Oigan, por favor llévennos a nuestra casa... tenemos mucho sueño!* Se refería a Ponciano y a ella. Entonces la llevada sería... a ver... Noemí le dijo a Tulio que esa vez no se abriría el estanquillo... Asueto forzado por causa de fuerza mayor... ¡Ni hablar!... Pero Sixto ¿qué? Adiós. Olvido grosero. Que él se regresara a pie... también Tulio... y ¡entiéndase!... Lo que vale decir es que en cuanto Noemí y Ponciano llegaron a la casita furris, como que no sabían cómo mirarse. Él la quiso abrazar, pero ella le puso un alto: *Nunca se atreva a tocarme. Soy muy sensible.* Y la sensibilidad tenía ensanchamiento. Un radio de influencia poblador: casi como si todo estuviese contagiado de una vibra espantosa, y al cabo ¿qué hacer?, ¿dormirse? Desde luego que los extremos de la enorme cama serían ocupados por ellos. Háblese de una frialdad hecha y derecha, por principio de cuentas... sin besamientos de nada ni roces subconscientes... Sin embargo, ¡vaya!, afuera, en el traspatio, se oían aleteos tranquilos, casi místicos: y: en efecto: abrir para ver... Detrás de la tapia que demarcaba el terreno de la casita, había un nogal frondoso que parecía tener una docena de músculos, pues justo ahí sobre las ramas reposaban unos veinte buitres muy circunspectos.

125

3

Antes de empezar todo esto hay que decir que en Sombrerete sólo había una casa de huéspedes con tres habitaciones pequeñas destinadas a vidas pequeñas. Pequeñas porque allí llegaban –póngase por caso– practicantes de medicina, o agricultores faltos venidos de lugares circunvecinos, o comerciantes que necesitaban ahorrar en cuanto a hospedaje... y tal baratura... Sí, gente que duraba alojada cuando mucho unas dos semanas, lo que era excepcional, pero ocurría y: ¡claro!: funcionaba como hotel aquel negocito, pero no podía afirmarse que fuese algo así, ni para cuándo, tampoco se lo podía calificar de «posada» ni de «parador» ni de «albergue» ni de algo que se le pareciera buenamente. Es más, no tenía ni un letrero sobresaliente que anunciara la renta de cuartos. Entonces: pura adivinanza consabida, puras señas y a ver... aproximaciones... La casa era, por lo tanto, una peculiaridad mona, reducida pero grata, debido a que estaba llena de luz, ya que cada uno de los aposentos, incluida una apretadísima sala-comedor, tenía, por lo menos, dos ventanas de gran tamaño. A todo lo anterior hay que añadir que a la casa la rodeaba un jardín que, de tan discreto, parecía una repunta de flores.

126

Algo como una aureola molsa. No había árboles en redor, ni bardas altas: o sea: los rayos del sol entraban con fe: sólo por un lado, porque por los otros: las capas de brillo: lo minorativo: los tonos cambiantes, bueno, de una vez hay que decir que la luz tenía una serie de comportamientos cuya definición aquí no hace falta, ya que por lo pronto lo que importa es la circunstancia de la llegada de Ponciano Palma a tal entorno medio céntrico: una casa con seis balcones simbólicos, recomendada por Tulio: *¡Vaya a ese lugar!, verá que allí le darán desayunos bien sabrosos*, y: ni qué decir del precio del hospedaje: por día: una bicoca, pero por un mes: ¡oh momio!: hay que considerar los porcentajes del descuento mensual: la gran suma y la gran resta, ya la cifra final cual una pequeñez increíble: ¡de veras!: la dicha por la dueña Elvira Del Valle, una doña muy nalgona y de voz suave... Pues el trato: de rebato... Estreno: nueva vida: ¿más lineal?, ¿más de ocultis?... Lo que ahora cabe decir es que Ponciano ya percibía un salario lo suficientemente digno como para darse ese lujo de soledad cotidiana bien habida. Toda una iluminación que a poco habría de conocer con empacho, el andamiaje de una felicidad que existe sólo por contraste.

El salario, o mejor: lo anterior al salario, fue una consecuencia lógica que empezó desde el día que se le dio sepultura a Raquelita. Se puede precisar desde el momento en que Noemí y el sesentón entraron a la casa de la primera, esa primera que lloraba con culpa, la misma que vio a la veintena de buitres circunspectos apostados en el árbol y que con sólo hacer un ademán espectacular hizo que volaran hacia el sur y se perdieran de vista. Luego ¡¿qué?! Se vieron las caras la chaparra y el sesentón... No podían sonreír: nada más por saberse solos en aquella estrechez... En medio de ese cariz de tristeza tenían que hallar una forma de compensación... ¿cuánto mirarse?: con cierta distancia... Es que lo hicieron, pero... casi sin querer... es que tenían sueño, y a dormir... eso grueso irresistible... Acostarse en la enorme cama, entonces ella dijo: *Usted se acomoda en aquel extremo del colchón y yo en este otro.* Inercia triunfal. Decoro.

Un decoro para recordar, dado que se trataba de una primera vez que, por fuerza, parecía incierta. Había un vacío acolchonado entre ambos, cual debe, y ni modo de que hubiera un acercamiento subconsciente: ¡no!, sino... hombre y mujer distantes: lo que tenía que repetirse cada noche... antes estaba la viejita: el pretexto, el estorbo, pero ahora... Cierto que eran dos seres que se respetaban y que además eran jefa y empleado y que se hacían muecas bonitas a veces, pero el gusto... ella con cabeza de papaya y él sesentón ¡más chupado!... entonces... viéndolos así... ¡Qué lejana estaba una caricia –siquiera accidental– entre ellos!

La cosa es que esa mesmedad se presentaba cada noche. El respeto se estaba convirtiendo en algo gigantesco, ya como un globo increíble, de esos que transportan gente, o tal vez algo mucho más grande, algo que nadie ve con certidumbre. El respeto tenido como crudeza y como amenaza de desazón, porque un roce de piel: ¡uf!: la supracatástrofe o la rareza de un equívoco. El desmerecimiento. Y hay que saber que conforme avanzaban las noches y estos dos se acostaban, como siempre se acostaban: con el cuidado celoso de aferrarse a una extremidad de la cama, pues el deseo, sobre todo del sesentón, estaba creciendo. ¡Qué ganas de hacerle una caricia (bien dulce) a esa cabeza que tenía forma de papaya! Nomás el tanteo, sin llegar a mayores. Que él buscara un leve desacomodo en el fleco de ella. Y la vibra inmediata punteando como un resorte, quedamente. Una caricia sin consecuencias lascivas... alguna vez... Tal como si ambos supieran que la delicadeza de cualquier roce tenía una orilla benigna. Un amor retrechero y a la vez paredaño. Una nada que nunca. Una insuficiencia.

Pero el respeto aún, ya figurado como un estiramiento irrompible y convulso. Entonces: el freno, cual depuración inteligente, porque no iba a suceder alguna noche de ésas que el sesentón rodara hasta el otro extremo de la cama para juntársele a la chaparra cabezona, como si todo fuese obra del azar o de un hacerse pato que la verdad no era así. ¿Descaro onírico?, con los ojos cerrados siempre, pero con las manos traviesas haciendo filigranas en la piel de... cosquillitas: ¡sí!... Y que ella igualmente se hiciera como la que no sabía ni sentía, pero que disfrutaba de aquellos rondines insospechados de los supuestos dedos ¡nada más en la cabeza!, ¿no en los brazos?, ¿no en las piernas?, ¿no en un más allá oculto, pero impetuoso, en teoría? Y justo sucedió lo contradictorio, sucedió ex profeso. Nomás fue un rozón (o tallón) cierta noche: algo buscado por Ponciano. Modo de mellar un respeto que de tan abstracto parecía bien duro. Dureza artificial... que a saber. En efecto, Ponciano rodó –haciéndose el dormido– hasta donde se encontraba la cabezona. Como no estaba viendo el engarruño de aquel cuerpo sui géneris, tocó lo que no: un seno, ¿eh? La exactitud. Sea que al sentir la maravillosa blandura el sesentón tuvo arrepentimiento y de inmediato rodó hacia su lugar original. ¡Qué problema! El morbo había ido demasiado lejos. Fue un derrumbe: casi. Y Ponciano pensó: «Le toqué una teta, Dios mío.» Es que su intención era tocarle la frente sagrada, y no resultó... No resultó porque no tuvo la valentía de abrir los ojos siquiera un poco, ¿verdad? Pero la suerte tuvo un desvío providente: Noemí no dijo nada, no se despertó. Sería temerario un alegato a medianoche.

La consecuencia se produjo justo a la mañana siguiente. Sin el menor viso de reproche por la tentada nocturna, Noemí le dijo a su empleado que a partir de ese día le iba a pagar un salario medio jugoso como para que él de una buena vez se independizara, que rentara un cuarto cualquiera: a ver si sí, puesto que era lo mejor para que siguieran trabajando juntos en donde ya se sabe, y le explicó que si le había dado asilo fue porque su tío Sixto se puso insoportable como un niño mimado, y pues sí: había que hacer algo que en verdad le diera aire a la coyuntura, sobre todo porque Ponciano era un buen empleado. Más y más pormenores, pero ya había sucedido el fin: lo del alojamiento ya no: ¡correcto! Así que la chaparra le daría un plazo de tres días como máximo a ese señor para que se buscara un cuarto. La resulta: el salario: una nueva vida, una esperanza, una invitación indirecta a reflexionar si valía la pena quedarse a vivir en Sombrerete en tanto no lo arrestara la policía o largarse a qué ciudad, qué derrotero; tantos lados adonde ir, tantos que... mmm... Pero Ponciano no deseaba tomar decisiones al vapor y, de reversa (si así puede decirse), prefiguró su soledad: un magma culminante prodigándose en Sombrerete, muy poco, eso sí. Su vida pequeña se reduciría todavía más, pues sólo de suponer el pobre vislumbre de lo que seguía: trabajar en el estanquillo; contarle a veces a los clientes crédulos mentiras creativas siempre en aras de inflar proezas donde él era un ente heroico y ¿qué más?, ¿en qué horizonte estaba el progreso más merecido? Incluso, como un lineazo fugaz, le cruzó por la cabeza la vez que le disparó a su patrón con aquella pistola prestada. La muerte y el torbellino mental interior del matón. La huida, lo recurrente. Con esa acción le había puesto sal a todo lo que venía y...

Matar a Noemí...

Matar a Sixto...

Matar a Tulio... mmm, no, a él no, ¿para qué?

La huida y el torbellino mental imparable, ya que de todos modos, en cualquier momento, la policía vendría tras sus huesos.

Luego el episodio de la cárcel, ¿por cuánto tiempo?

Vida que se diluye conforme se piensa en ella.

Pero Tulio le dijo de la casa de huéspedes, la única, cual una salvación. Además el salario, la libertad que da el dinero, la seguridad espiritual también.

¿Entonces?

Ponciano debía entender que él, como cualquier persona, era prescindible.

4

Matar. Matarse. Ser matados. Creer. No creer. Hallar poco. No hallar nada. La fragilidad de la vida: lo que sucumbe en un santiamén. La fortaleza de la vida: lo que crece y se desborda y engaña e ilusiona y se vence y se pierde. La suerte. La desgracia. Las pequeñas cosas que al acumularse parecen engrandecerse. Eso que incide aquí, como si el «aquí» fuese, a fin de cuentas, un ámbito apartado.

5

Primero fue la maraña de puntos de vista que se agol-
paron en la mente de Ponciano, cuando el muy orondo se
dirigía a la casa amarilla que Tulio le había recomendado.
Iba con su ropa vaquera metida en una bolsa de plástico:
¡claro!: piense y piense, y el filón de un señuelo incipiente,
como arranque de todo, eso que estuvo apoyado por un
tentaleo por adarmes. Y el equívoco y el derrumbe: lo de
atrás, que tuvo como detonante lo del salario y la independencia a fuerzas. Es que lo del arrepentimiento (que
también hubo) no lo manifestó el sesentón, siquiera como
un cumplido incorrecto: esto es: la tentada de una de las
tetas y no de la frente bien ancha de Noemí: tal fugaci-
dad, pero con efectos perdurables... Ningún arreglo nunca, ni para qué intentarlo... La discreción se impuso como
una mole que apachurra lo que encuentra. Luego el punto
de vista de matar todo, como por ocurrencia elemental...
tan sólo con saber dónde conseguir una pistola... Pero
no... ¡Qué figuración tan a tope!... Mejor pensar más detenidamente cuando ya estuviera instalado en la casa de
huéspedes: Ponciano en acueste. O comentarle a esa doña
Elvira acerca de la bola de problemas que traía cargando...

La cosa es que ¿cómo ganarse la confianza de ella de inmediato?

No pasó esto último dicho. Hay que decir que después del agobio tan embrollado que traía el sesentón en la cabeza, tuvo el tino de despejarse providencialmente. Fue repentina su frescura para abordar a esa señora cuyo entrecejo inalterable sí que daba miedo, por lo tanto devino el saludo timorato del recién llegado. Toda vez que a Ponciano le fue asignado un cuarto bastante diminuto, pero con mucho brillo de sol y ultramodesto, pronto bajó unos diez escalones para... Sonrisa de él, pero de ella no (encuentro más pausado entre ambos)... Ahora sí la sequedad (inaugural) de Elvira parecía repleta de menosprecio... Por ende: saludar e irse al trabajo: la amabilidad de él, de todas maneras... Aunque: Ponciano: ¿qué hacer?: después encontraría la idea obradora útil. De por sí le asombró que la señora de la casa no le pidiera ningún anticipo y tampoco ningún dato acerca de su procedencia y menos aún su nombre y su firma... La confianza, de resultas: ¿cuáles serían los figureos que se darían más tarde?

Tal vez aquel entrecejo senil fuese una forma de exigir filosofía o una compenetración carente de falsedades de cualquier tipo. Tal realidad como impostura. Lo plausible: ideas más que anécdotas, amén de un deseo por llegar a lo verdadero. ¿Tal vez? O qué profundidad parecía aproximarse a la vida de ese sesentón que ahora más que nunca se encontraba a la deriva, sin hallar ni un «cómo» ni un «qué» concretos.

Cuando Ponciano llegó al estanquillo no fue notado ni por Noemí ni por Tulio. Había clientela en demasía. De hecho, el atareo requería de mayor rapidez y un auxilio de... (¡aleluya!)... Ponciano entró en acción. Saludos fríos, en consecuencia, porque... los despachos: la avalancha que amenazaba con ir en aumento. Con decir que había harta gente en la calle que deseaba entrar en el negocio próspero. Bueno, muchas personas optaron por irse y regresar cuando ya no hubiera lo que había en aquel momento, pero ¿cómo calcularlo? Para contar lo que sucedió es preferible dilucidar otra cosa: Ponciano, Noemí y Tulio no pudieron hablar durante cuatro horas, salvo lo relativo a varias preguntas al bies, por ejemplo: que cuánto valía tal cosa, que dónde estaba, que por qué tan escondida la mercancía más solicitada, y más tiquismiquis que viéndolos como un atiborre insufrible parecía que repercutirían en un atiborre subliminal que haría estallar los temperamentos de los despachadores. Pero no ocurrió, por fortuna. Poco a poco se esfumó la masa tras de la cual quedaba el cansancio de acá. Un cansancio mudo, afrentoso mal que bien (incluso entrecejado... lo nuevo de ese trío). No es impreciso afirmar que los jadeos de los tres semejaban un ritmo de percusiones alocadas.

Y ni una palabra: durante buen rato: o bueno: durante casi una hora.

Siguió la acción imparable poco más allá de las tres de la tarde. Llegó al estanquillo otra avalancha de gente que parecía vaciarse como si se tratara de un chorro salido de un recipiente superlativo que estuviese suspendido en el aire y enseguida sobreviniera el volteón y el derrame fecundo. Arriba lo invisible... pero el movimiento no, o cómo describirlo con puros supuestos: ¿lineazos que casi?, ¿rapideces con ráfagas? Total que el gentío entró a cosa hecha, pidiendo a gritos tal o cual artículo, por lo que atender a tantos ¿cómo? Y el chispazo apareció cuando más hacía falta; a modo de moción de orden Ponciano recomendó que se hiciera una sola fila y se hizo al punto, ése era el mejor remedio para que el trío despachador funcionara de

135

maravilla. Lo siguiente fue un entretenimiento que duró más o menos dos horas: al respecto hay que decir que en aquel colmo de pequeñez de tienda había baraturas de todo tipo. Magia creciente como sacar listones y más listones de un monedero ínfimo. Panal pródigo, también hay que nombrarlo de esa manera, aunque suene a puro empalague. Tesoro multiplicado ¿también? Lo consecuente sería afirmar que en Sombrerete no había otra tienda que tuviera tal acopio de menudencias. Lo útil y lo inútil mezclándose o lo primero alimentando a lo segundo, a fin de cuentas. Es que nomás de imaginar al montón de proveedores que venía de qué lugares y por inercia desembocaba en el estanquillo congestionado, debido a que Noemí aceptaba cuanto le fuese ofrecido –¡pues sí!, ¿por qué no?–, ya mediante consignación o mediante compra directa. Venga. Venga. Venga, por lo que hay que entender que a raíz de la muerte de la madre de Noemí, hacía menos de una semana, se empezó a dar esa descarga de clientela: un frenesí que huy, porque también había aumento de proveedores y ya para estas alturas tanto Tulio como Ponciano eran duchos para arreglarse con ellos, sólo que la del dinero era, se sabe, Noemí, ¡claro!, siendo asimismo que a estas alturas ya era una mujer todopoderosa que desgraciadamente no se daba abasto. Lo que ahora cabe considerar es que ella necesitaba (y con urgencia) más personal... con dos entes que se agregaran... pero también necesitaba un espacio céntrico, o incluso en las inmediaciones de Sombrerete, que fuese por lo menos tres veces más grande que el estanquillo, amén de que contara con un espacio trasero (y techado) que sirviera de trastienda. En uno de esos días le ordenó a Tulio una obligada andanza por las calles principales del pueblo. La chaparra tenía la ilusión de que muy pronto el chamaco hallaría lo deseado. Para ese propósito le encomendaba dos horas diarias de rondín, justo al mediodía: cuando disminuía la clientela. Y Tulio localizó en friega un local extraordinario, algo que, según le dijeron, había funcionado como almacén de forrajes y semillas, mismo que tenía dos cuartos de medianas proporciones y un patio regular con nogales y plantas. El arreglo sería a partir de acordar el monto de la renta; las mensualidades por adelantado, el nombre del fiador y una copia del certificado de propiedad (¡qué lío!) y, bueno, todo eso no lo podía arreglar Tulio sino la chaparra que, al enterarse de los requerimientos para el gozo del mentado local, mismo que quedaba a tres cuadras de la plaza principal, aunque por el lado norte, pues cuál solución de soluciones: qué fiador: ¡uf!; cuántas rentas por adelantado, ¿qué?, ¿cuatro?, y cuando por fin supo la cifra de cada una, no había más que contar todo su dinero: el que estaba en la caja de latón, más las siete u ocho billetizas metidas en otros tantos escondites que nada más ella conocía.

El conteo por delante: sumar, sumar con hartazgo: ella sola y su bisbiseo, así el fastidio, pero al fin la alegría: tenía dinero como para hacer dos árboles de Navidad, altos y frondosos, con puros billetes de cien pesos (en vez de hojas) y todavía le sobraba un buen montón de lo dicho, de modo que las rentas: cosa de risa descarada, pero lo peliagudo era lo de conseguir cuanto antes al fiador: ¿quién? Noemí no conocía a gente rica que además fuera de confianza, por lo que al despachar a cada cual de los clientes, que ella suponía adinerados, les pedía que si le podían servir para... el requisito a pelo... Voluntad, nomás... La facha esa del fiador... ¿quién?... La verdad era que nadie quería comprometerse... Entonces, un día Noemí tuvo una idea delirante: ir con el propietario de ese presunto almacén a informarle que no le era nada fácil encontrar fiador, pero que ella estaba dispuesta a mostrarle todo su dinero, mismo que se encontraba debidamente guardado en su casita; o sea: la propuesta capital consistía en que si el propietario deseaba ir a ver el cúmulo billetoso para contarlo enseguida ¡pues ya, por supuesto!, ¡vamos!, ¡anímese! Pero el tal señor, tras oír la ostensible extravagancia, dijo: *Tengo que pensar con detenimiento lo que usted me propone.* Sin embargo, no pasó ni un día entero para que ese canoso, de nombre Gastón Zamudio, se presentara en el estanquillo y dijera con sonoro apito, ante la cuantía de clientes: *Ya tomé una decisión.* La frase tenía que ser un enigma para la clientela, pero no para los enfrascados despachadores, por tal motivo Noemí le hizo una seña brusca al canoso, algo que significaba «afuera»: ¿sí?, y salieron y al dar ambos quince pasos de retirada, ella soltó una explicación cuyo discernimiento ni para qué calibrarlo con tanta seriedad: una disculpa –¡lógica!– de parte de la chaparra que el canoso ni aceptó ni rechazó porque él era el portador del argumento importante. Y aquí va: sacó por delante lo relativo al fiador: que no hacía falta, dado que Noemí ya era famosa en Sombrerete, sea pues una fama sustentada en su prosperidad, sus afanes, su inteligencia; asimismo el canoso aseguró que tampoco iría a la casa de ella a contar el dinero: ¿para qué? Con estos dos razonamientos se puede inferir que la renta del local se estaba consolidando. Más aún cuando don Gastón manifestó lo siguiente: *Si quieren mañana mismo pueden efectuar la mudanza... El local está listo para que ustedes lo ocupen.* Hay que decir que ambos encontraron un recodo cómodo para platicar a gusto, era un recodo diferente al hallado por Noemí y Sixto cuando... ¿se recuerda?... y volviendo, bueno, ya en el avance de lo conversado el señor Gastón le espetó a la chaparra próspera una advertencia aterradora: que si él no recibía, en los primeros tres días de cada mes, el monto de la renta, pues con todo el dolor de su alma tenía que echar a ella y sus abarrotes –amén de sus empleados– a la calle. Y nada de reproches, porque él tenía grandes influencias no sólo con las autoridades del municipio sino con las del estado.

Sin embargo: ¿desde mañana?, de ahí en adelante cuantos vislumbres. Otra vida con florecimiento en serio.

Sin embargo: ¿cuántos brazos necesitaba para efectuar una mudanza diligente? Noemí necesitaba una tregua. Cosa de una predicción bienaventurada. La urgencia de un aviso –¡ya!– a la clientela para ver quién podía ayudar con la carga de cuánto. Pero antes tenía que darse el despacho del canoso: fin circunstancial, y temporalidad todavía, tras decirle a don Gastón que en una semana aproximadamente estaría en funciones la tienda: allá; él solamente agregó un detallito: *De una vez le doy una copia de las llaves de la puerta del local... Pueden entrar y salir cuando quieran.* Trato hecho: culminación, adiós (como se dijo), cada quien por su rumbo, pero lo siguiente: los altibajos del apuro. Por lo pronto Noemí debía anunciarle a la clientela presente en la tienda acerca del cambio de local y de la necesidad de ayuda: brazos, unos diez, con eso, para que el traslado de la hartura mercantil fuera presto y eficaz... Noemí: oradora: qué placer oírla decir lo que decía: ¡oh matices!... Bueno, pues desde «ya» hubo gente dispuesta a colaborar.

Maduros y jóvenes: muchos. Los viejos estaban descartados, por obvias razones. También las mujeres: ellas no, por supuesto que no, es que cuando se dice «brazos» hay que entender «músculos membranosos». De modo que la selección se haría tras medir con cinta métrica el grosor de los conejos de los hombres así como lo correoso de sus antebrazos. Imagínense la perorata de Noemí diciendo esto y lo otro mientras Ponciano y Tulio usaban la cinta para escoger a: CINCO NADA MÁS, fue la cifra límite que estableció la forzada hablantina, que con su tono de voz envolvente también mostraba sus grandes dotes de persona política bribona, o corrupta, más bien dicho. Pero no, ella era un ejemplo de laboriosidad sudorosa, ¿verdad? Ah, falta decir algo: a cada uno de los cinco voluntarios seleccionados se les pagaría cincuenta pesos por día. ¡Qué bueno!

Lo más práctico, para no gastar saliva, era poner un letrero muy vistoso en la parte superior de la puerta del estanquillo; uno que dijera: NOS MUDAMOS A... la tal calle y el tal número de local los escribiría Tulio porque él sabía eso de memoria, él mismo hizo un croquis rarefacto en el letrero, que a ver quién era el vivo que podría entenderlo. También en el mismo letrero se especificaba que a partir de mañana el estanquillo sería cerrado para siempre. Sea que la apertura allá, hacia el norte de Sombrerete, dentro de tres días, si no es que cuatro o cinco. Pero quién entendería todo lo escrito, máxime que el rótulo fue colocado muy en lo alto del frontis, y la letrita, aunque roja, pues...

Hacia la noche de ese día, justo cuando en definitiva Noemí cerraba la puerta del negocio como si pusiera punto final a una historia de ascenso muy reciente, Ponciano, que parecía entumido, se la quedó viendo con una ternura casi de bebé. Ellos solos en la intemperie: sus vistas, su estudio apenas, por fin tendría él la oportunidad de hablar: siquiera vagamente, ay, ya que desde que dejó de ser huésped de ella, con la ventaja de recibir un salario módico y así ganar su independencia bien a bien, no había podido tener una conversación un poco, por decir, sentimental, pero discreta, con esa mujer digna de admiración: no por su belleza –ya se dijo que ella tenía cabeza de papaya– sino por su entrega total a todo cuanto hacía. Puede valorarse, con razón, que por esa notable cualidad Noemí merecía todo el amor del mundo, pero sólo de Ponciano la suavidad de las caricias que no desembocan sino en lo puro romántico cosquilloso, o más leve aún, en los figureos superficiales de unos dedos que recorrerían solamente unos tres centímetros de piel, cuando mucho cuatro. Pues se dio el cierre del estanquillo al tiempo que un disimulo afectivo se empezó a insinuar. Frente a frente esas caras y un azoro mutuo casi igual. Abrió la plática Ponciano con una queja ligera relativa a que él no tenía la agilidad ni la fuerza para andar acarreando abarrotes desde ahí hasta ¿cuántas cuadras de distancia?, bueno, etcétera, las que fuesen; pero ella lo atajó al aclararle que mañana se dedicarían, tanto Tulio como los demás ayudantes, a meter en cajas el total de la mercancía; que pasado mañana sería lo más pesado: la mudanza a pie: cargar, cargar –¡ni modo!– con fe. Pero...

–Yo me declaro incompetente para esa labor. Tengo sesenta años.

–No se desespere, si de plano veo que es muy dificultosa la mudanza para todos nosotros, contrato un camión de redilas.

–Yo me canso mucho si cargo cosas pesadas.

–Pues váyase a su casa, tómese unas vacaciones mientras efectuamos el cambio.

–¿De veras?

–Sí, no se preocupe... En cuatro días nos vemos en el nuevo local.

–¿Y lo de las vacaciones no es una forma elegante de despedirme del trabajo?

–No, no tiene por qué imaginar cosas tontas.

–Pero es que usted ha contratado a personas jóvenes fuertes que le serán mucho más útiles que yo.

–Usted también me es útil, además es pionero de mi negocio, mi primer ayudante. Usted es honrado y trabajador, pero, bueno, la verdad es que yo no sé si usted quiera seguir trabajando conmigo.

–¡Claro!, tómeme en cuenta, siempre he estado muy a gusto a su lado.

–Pues se lo agradezco.

–Entonces puedo tomarme unos días de...

–¡Por supuesto!, con toda confianza.

Entonces amor, chulo amor que subsiste punteando hacia arriba. Un corazón con una flecha atravesada: sobrentenderlo con maña. Amor que relaja. Amor que motiva. Despedida sensible. Sonrisas. Y Ponciano –aunque parezca una exageración– se fue contando sus pasos al dirigirse a su nueva morada, al tiempo que se metía con sospecha en un circunloquio favorable donde la idea de arranque estaba relacionada con su lealtad hacia esa mujer chaparra. Entre la lealtad y la esperanza abierta se anteponía un cimiento que no era precisamente algo molesto por gigante, sino porque pese a pese obstaculizaba sin querer un decurso tan sencillo y llamativo. Amor que anticipa. Amor que resuelve. De todos modos el sesentón tenía que pensar en su futuro inmediato: un mañana borroso de señor despachador que ni siquiera ya tenía tiempo de contar historias extravagantes y tampoco había clientes que se las exigieran. El placer menguaría porque el trabajo seguía creciendo. Así el estigma de la suerte podría desdibujarse porque la prosperidad habría de ofrecer otras disyuntivas más extraordinarias e indecibles. Después lo bonito, después el solaz, después las caricias y su escurridero: lo grave y lo tenue liándose apenas. Ahora lo concreto rudo... ¿y las vacaciones?... No era erróneo imaginar que Ponciano pasaría la mayor parte del tiempo acostado en su cama pensando en un amor que ya había denotado un augurio positivo, debido a que, mmm, en plena actividad de hacer y deshacer durante horas y horas, así como ir y venir con arrestos y humorismo por parte de los briosos trabajadores, la buena de Noemí le diera al vetarro el privilegio de la pereza alelada: ándele, descanse, no se preocupe, nos vemos en cuatro días: así porque sí...

Y el tope: el entrecejo de doña Elvira. El hallazgo adusto en el comedor –la llegada–, por que por ahí tenía que pasar Ponciano para acceder a su cuarto. Lo irremediable. El saludo y... con permiso... Pero... La señora le ordenó un «¡alto!», seguido de un «¡siéntese!», sin «por favor», se dio la obediencia temblorosa, dado que devino, sin más, la singularidad de su ataque verbal traducido en un alud de preguntas: que de dónde venía; que dónde trabajaba; que si tenía una chamba temporal en Sombrerete; que de dónde era originario; que cómo se llamaba (hasta ahora esa pregunta); que por qué había llegado sin maleta a esa casa amarilla; que por cuánto tiempo estaría hospedado, etcétera, retahíla, y ningún lapso de silencio de ella que le diera tiempo a él de informarle algo, su nombre, por ejemplo. Y las preguntas seguían, se repetían, todo circulatorio, como si la agresividad estuviese por encima de la imprudencia y lo continuo apuntalara una carga que él no quería cargar, por ende su grito: ¡VENGO CANSADO!... MAÑANA LE INFORMO, ¿EH?, CUANDO DESAYUNEMOS, ¿DE ACUERDO? Sello decisivo. Mudez. Distensión.

Vibra fea que se ensanchó a lo largo y ancho de la casa.

Hay que advertir que un día antes la doña y el señor se habían visto las caras durante el desayuno. Desde el comienzo hubo frialdad de trato en contraste con la complacencia de los sabores cocinados. Un agrado a medias: o un afecto de revés, como si eso debiera parecer batalloso o confuso. Dar con tiento. Sembrar la incertidumbre porque sí, a fin de que la amenaza de la caída tuviese transformación. Lo frío que va subiendo y luego calienta. Pero ninguna palabra rompedora –ayer–: ni buena ni mala. La nada sugerente, y, ¡uf!, así quedó. Quedó pendiente el pago por adelantado, pero ese estilo tan pragmático ¿desmerecía? O sea que Ponciano había llegado a esa casa como si fuera a la de Torreón, ¡vaya!, y doña Elvira, que era flaca, pues hiciera las veces de su añeja esposa gordinflas Irma Belén, sólo que la vetarra de acá era entrecejada ex profeso, mientras que la otra ¡nunca! La confianza– ¡oh vehemencia!–: ¿acaso como mangoneo venidero? Bueno, situémonos en el meollo de ese momento: como Ponciano no tuvo chanza de responder siquiera una sola pregunta, dijo «con permiso» y fue sin más a despatarrarse en la cama fantástica de su cuartito. Y el cansancio divisorio, jalando hacia dos lados; cansancio no propenso a reducir lo pasado a un suato desperdicio, sino a vislumbrar lo inmediato que se abría para exhibir lo más meridiano del futuro y luego cerrarse con brusquedad. Después lo resonante hallaba rumbo: de verdad que el futuro ofrecía muy poco: trabajo agobiante en una tienda que iba hacia arriba; un salario; un cuarto modesto; la convivencia con una vetarra enigmática aunada al declive del encanto cuando la policía diera con él y: ¡a la cárcel!, al igual que Sixto. Pero ojalá que a los dos los metieran en la misma celda. Eso sería un triunfo, aunque las paces con el otro asesino: «en veremos»: una nueva amistad por si acaso. No estaría mal visitar a Sixto para... Es que conforme avanzaran los días el temor de ambos: ¡puf!, ¡uh!... Es que a saber si el otro tal vez tenía planeado suicidarse para no someterse a la fuerza de la autoridad... Vidas pequeñas... Muertes pequeñas... De todos modos... Pero la plática de hombre a hombre... Como enderezamiento... ¡Ya!, ¿mañana?... Así Ponciano cerró los ojos buenamente. Al despertar apareció un presentimiento sintomático, uno tendente a ser despreciativo: ¿sí? Con doña Elvira nada. Soslayarla. No saludarla ni por asomo, por lo que –obvio– no desayunar las sabrosuras que ella tal vez tenía preparadas desde temprano: para él –¡sí!–, porque por lo visto no había otro huésped hospedado allí. Entonces la acción de Ponciano puede referirse de este modo: el levantón de la cama, el baño y el vestirse y el salir deprisa con la mira de ir a desayunar a un restaurante pueblerino y de paso ahorrarse las respuestas a las preguntas del día anterior, por lo tanto hubo una velocidad casi de manchón sugestivo vista desde un entrecejo que nunca entendió el porqué de eso. Doña Elvira en ascuas viendo una huida que sí ocurrió, pero ¿hasta dónde sería? Lo mejor es seguir a Ponciano en su búsqueda afanosa por encontrar un restaurante chulo, bienoliente, céntrico y el hallazgo: en efecto: si quería disfrutar su período vacacional debía experimentar algo totalmente nuevo. Por ejemplo, zamparse alguna sabrosura lugareña, chilosa ojalá, y preguntó... Mmm, pues estaban las gorditas de maíz, había de picadillo, de carne deshebrada, de chicharrón, de frijoles, de huevito y de revoltijo, le dijeron que no se arrepentiría de probar la gran variedad cocinada con manteca de puerco: *¡Pues sí!, por favor quiero de todo.* Eran seis gorditas.

Atasco, pero plenitud inolvidable. Una plenitud con otro remate, una que podría valorarse a todo tren si ubicamos a Ponciano en la casa de Sixto en nerviosa plática y cada quien bebiendo una taza de café a la mesa. Para apreciar esa escena hay que sobrevolar varios momentos de duda y varios de decisión que en concreto se pueden describir como caminatas y frenos; también en recules: también en ir a sentarse en una banca de la plaza de armas para pensar mejor; también en el tema a tratar: ¡pues sí!: lo de la policía y lo de la cárcel, pero cómo abordarlo, si primero de una manera suave para llegar con afabilidad a lo cruento, o primero lo abrupto para llegar a una culminación patética que hasta hiciera que ellos se insultaran para que luego terminaran agarrándose a trancazos. Sangre, moretones. Dos vetarros violentos: ¿sí?: que la verdad nunca lo habían sido, es decir, boxeadores ¡pero cómo! Toda hipótesis suele fracasar: en este caso lo que sucedió fue parecido a medias. Y hacia el mediodía ¡ya!: se empieza con el desconcierto de Sixto al abrir la puerta y ver que era Ponciano el que deseaba pasar: *¿Se puede?* Pasó y poco a poco la confianza empezó a establecerse. Hubo perdones por lo que sea, de ambos: sutilezas cual yerros, más de Sixto que de Ponciano porque él fue quien dijo que ya no podía hospedarlo en su casa. Ése fue el máximo horror conceptual, ¡y real!: a fin de cuentas. Y como las palabras de empiezo fueron como sacadas con tirabuzón, medias sonrisas y medias expresiones de asco, a esto hay que agregar que tampoco sabían si saludarse de mano o darse un abrazo o mostrar las palmas de sus manos y moverlas un poco, tal como dos títeres graciosos.

Lo importante es que estaban dentro de la casita, una casita sucia porque Sixto no era un dechado de meneo para los quehaceres domésticos, además los gestos de desconcierto de Ponciano eran demasiado notorios como para no ser apreciados por quien de inmediato sacó a relucir una sarta de disculpas: que desde que Noemí no le hacía el aseo no había encontrado ninguna sustituta, pese a haber puesto un letrero con letra estilizada en la única puerta exterior de la casa solicitando los servicios de una sirvienta competente, es decir, que fuese portadora de excelentes referencias: pero no, pues no, y él no era un avezado en eso de la higiene por doquier ni mucho menos en hacer comida ni en lavar su ropa ni en ir al Centro de Salud y enfrentarse al papeleo burocrático para conseguir una vil consulta rapidísima y, bueno, todo se había complicado demasiado nomás por estar solo, solo y su alma, refundido en una mezquindad contra sí mismo y cargado de odios a raíz de su fracaso existencial: ¡qué ganas de gritar a los cuatro vientos que todo era una mierda!, sobre todo porque tenía que luchar, valerse por sí mismo, a sabiendas de que ya a estas alturas nunca lo haría bien, así que el resultado contenía un sinfín de fatigas: el tener que hacerse su comida: lonches y más lonches: lo aguacatoso como prioridad, la comida enlatada como auxilio, las frituras también, amén de tener que ir al mercado a comprar los víveres (ni por error al estanquillo de Noemí, que estaba más cercano). Asimismo dijo que quería hacer las paces con ella porque era su sobrina, amén de que él quería sentirse muy tío y muy socio, nuevamente. Ojalá que la chaparra se apiadara y le consiguiera una sirvienta ducha: pero: seguía la queja imparable, teñida de descripciones largas e inútiles, hasta que Ponciano, después de hartarse de escuchar tanta porquería, metió una cuña como ésta: *¿Y la policía?* A ver, a ver... Retroceso... Es que ese tema, como que punzante por inevitable. A ver, cómo que qué... Y, muy quitado de la pena, Sixto soltó lo que al parecer estaba asumido desde mucho tiempo ha:

—A mí no me preocupa que la policía me arreste. Me harían un gran favor si me incrustan en la cárcel para siempre.

—Es que en cualquier día de éstos...

—Que pase lo que tenga que pasar.

—Lo que más quisiera es que nos arrestaran a los dos al mismo tiempo y nos metieran en la misma celda. ¡Imagínate que así pasara!

–Es un sueño idiota.

–¿Por qué se habrán tardado tanto en localizarnos? Creo que no es difícil dar con nosotros, ¿verdad?

–En la Compañía de Mudanzas saben dónde vivimos tú y yo. La policía puede ir a Torreón o puede venir aquí, portando en un papel nuestras direcciones.

–¿Qué estará pasando con la investigación del asesinato?

–Calma, Ponciano, calma, pronto darán con nosotros. Ya lo verás.

Llegó el silencio a modo de consuelo. Las miradas de ambos se clavaron en el suelo y así gachamente se mantuvieron largo rato. Suelo pringoso. Descuido. Omisión. Ninguna idea valedera algo ascendente. Luego de unos diez minutos Ponciano dijo que había llegado el momento de irse y no dudó en remachar su deseo: que ojalá tuvieran la suerte de que los aprehendieran al mismo tiempo, coronando ese logro con la metida de los dos en la misma celda, sólo hay que imaginar las pláticas futuras entre ambos: tarde, noche y mañana. Ante esto, tenía que valer el jajajá ostensible de Sixto, quien acompañó a la puerta a su amigo de antes. Con real aceleración Ponciano ganó calle y al cabo de alejarse oyó una vaguedad gritona de Sixto:

¡No hagas planes acerca de lo que no conoces!

6

A doña Elvira Del Valle le llovían muchachas deseosas de trabajar como «asistentes» o como se le llame a esa mezcla de sirvienta y cocinera, e incluso lavandera que también arde en ganas de aprender otras minucias de limpieza y arreglo, y sí PUES –hay que repetirlo–: siempre le llovían, pero resulta que a la hora de la hora ninguna duraba siquiera dos meses de laborar en la tal casa amarilla, y no era que la señora fuese insoportable, sino que algo amargo proyectaba que de veras ni para qué seguir esforzándose con lo de la tolerancia por parte de una u otra muchacha, ya que siempre hay un límite, ¿eh?, y el hilo se rompe por lo más delgado, ¿verdad?... Pero que quede asentada la probable especiota: le seguían lloviendo las muchachas deseosas. Cosa de suerte, o si no qué... Ese aspecto aún no lo había detectado Ponciano, porque sólo sumaba tres días de hospedaje, sin embargo, cuando salió de la casa (otra vez) para ir a desayunar gorditas al mismo restaurante que conoció el día anterior, pudo notar que un rótulo muy llamativo colgaba de la puerta principal y que había en la calle muchas mujeres viendo: lluvia de sirvientas bien necesitadas: casi, o goteo de las mismas, porque eran once, lo que ya es cantidad. ¡Qué suerte tan repentina! Es que también hay que ver esto de otro modo: la muchacha que había atendido a Ponciano aquella primera vez, asignándole habitación y dándole una llave de la misma y otra de la casa, pues ya no, ¡vaya!: tal vez su desaparición fue como un despertar... aunque, en tal sentido, nada razonable puede usarse como argumento... Se fue porque quiso. Capricho. Nunca tuvo la ocurrencia de dejar en un lugar visible un aviso escrito: suave, cortés. Entonces la huida fue adrede. Sí: en la noche. Lo que sí que se puede inventar que esa esfumación obedeció a un motivo de peso: que por ser doña Elvira tan ceñuda parecía que siempre estaba equivocada... Podría ser... Pero lo bueno era lo otro: la lluvia o la cuantía de «asistentes» que se acercaban a la casa tras la colocación del rótulo, un rótulo muy estilizado y cuajado de colores que no tiene caso reproducir aquí todo lo que decía.

En tal sentido, es mejor poner la escena de contraste para ver a Ponciano ya sentado a una de las mesas del restaurante, estaba a sus anchas y acaso por tal razón pudo asociar algo oportuno con algo necesario.

Rápido consumió una cuota de tres gorditas y un vaso de leche y luego ya regresó deprisa a la casa amarilla... Hizo bien en comer atragantándose... Es que la urgencia...

Es que el temor de que ya no hubiera muchachas...

Y el frentazo: ocurrió lo indeseable: frente a la casa ninguna «aspirante». Calle desierta. ¡Lástima!

Comprobación: al meterse Ponciano a la casa: sí: doña Elvira le daba instrucciones a la nueva sirvienta dizque contratada de viva voz. Fue una que le cuadró por la razón que sea.

Las demás ¡a volar! Tantán.

Y Ponciano bajó su cabeza en señal de derrota... Es

que de haber visto siquiera a una de las apostadas, de inmediato le habría dicho que en la casa de Sixto Araiza tendría trabajo y, ¡claro!, le diría cómo llegar. No era lejos... Sixto sí que necesitaba ayuda.

A fin de cuentas: ni desayunar ni encontrar. Lo malo de todo esto fue que Ponciano no hizo la asociación de paso, en el tiempo justo, es decir, cuando ignoró a la cuantía de muchachas aspirantes, sólo por el hecho de que tenía bastante hambre... y las gorditas: allá... el tal sabor inolvidable... lo que tampoco resultó tan decisivo, por lo que cabría la conjetura de que ese día el cielo tenía un velo fosco inadvertido, pese al despeje total, ¡ninguna pequeñez de nube intrusa!, quiérase un azul que escondía rarezas: ¡un secreto aéreo!, fosco porque todo resultó cuatropeado, ¿y qué hacer para subsanar lo restante del día? Por cierto que ese día era el tercero del asueto, quedaba sólo uno para el regreso al nuevo local.

Y... ¿qué tal una visita espontánea allí mero?

Se aclara que entre los planes del chupado estaba una visita a la famosa barranca de Sombrerete, la que supuestamente iba a ser el territorio ideal para fundar un fraccionamiento y, bueno, ¿se recuerda toda la bola de mentiras que se dijo al respecto?

Disyuntiva: para allá o para acá... Mejor para acá porque Ponciano tenía ganas de ver a Noemí, a bien de reiterarle su agradecimiento por haberle dado descanso cuando se suponía que era menos conveniente habérselo dado. Además, para él no estaría mal ver los nuevos movimientos abarroteros e incluso saber si los muchachos musculosos contratados se quedarían a trabajar de despachadores. Ver, comprobar, sonreír —hasta eso que sin dejar de oler el poste— nomás a causa del presentimiento de percatarse de lo que ya le tocaría vivir en cuanto a meneo laboral.

Por ende: llegó... acaso con un poco de remordimiento por estar de asueto mientras que Noemí y sus dependientes: ¡órale!: sí que estaban ocupados. Por ende: Ponciano y su mohín perspicaz, lechuguino. Pero la conexión niveladora con Noemí, amén de la sorpresa (por deslinde) de ella.

—¿Y usted qué hace aquí?

—Es que paseaba por el pueblo y quise venir a ver cómo había quedado la nueva tienda.

Vale puntualizar que al igual que en el estanquillo la tienda estaba al tope de clientela. Es de saber —entonces— que Noemí tuvo que interrumpir su despachadera para venir a saludar de mano a Ponciano, por lo que tuvo que abrirse paso entre tantos. Dos o tres empujes inevitables.

—No se mortifique. Goce de sus vacaciones. Ya sabe que pasado mañana lo espero aquí.

—¿Y no puedo quedarme a ver cómo trabajan?

—Como usted quiera... y «con permiso» porque tengo que seguir dándole al jale.

Media vuelta de ella y desconcierto de Ponciano, que se sintió levemente herido...

¿Irse?

¡Claro!

Pero al hacerlo vio que Sixto estaba llegando.

Alegría entreverada.

Se pusieron a platicar a media calle.

Encuentro de asesinos que ni quién supiera que eran tal y tal. Y se dijeron sus procuras: primero Sixto: que él iba a la tienda para ver el nuevo trajín y nada más, aunque no estaría de más intercambiar palabras con su sobrina (sólo un rato) en el sentido de que si ella no podía ayudarle en las labores domésticas le hiciera el gran favor de recomendarle a alguien competente y muy de confianza. Cuando le tocó el turno a Ponciano de soltar su procura, lo primero que le vino a la cabeza fue una suerte de resolución al viso, le dijo a su presunto amigo que por fortuna en la casa en la que ahora estaba viviendo había lluvia de sirvientas, sí, así lo dijo, aunque sonara bien extravagante, y, bueno, que él podía conseguirle una pronto: cosa de preguntarle a la nueva sirvienta contratada por, para, a ver, si, e incluso le aseguró que a la brevedad le llevaría a su casa a una confiable y trabajadora y le hizo un juramento extraño al respecto: esto es: besándose dos dedos.

De su procura para ese día Ponciano ya no habló, pero Sixto le dijo que también quería gorronearle un poco de comida a Noemí: nómbrense papitas, churrumais, chicharrones, etcétera. Bueno, también la tienda era pródiga en otras cosas comestibles, ¿verdad?

Ruptura: caminos antagónicos, y llanamente apareció una desazón en la cabeza de Ponciano, una idea como que pastoreada por un Dios simplón a quien le gusta molestar a la gente metiéndole (porque sí) algún revés apócrifo, como ser una frase preocupante, dicha ya, de buena fe, pero que al pensarla: ah: y: *Te puedo conseguir una sirvienta*. La absoluta trivialidad (escurriendo) sacada a flote de una vil expresión que no tenía hondura alguna. Concienciar eso como si se tratara de una degradación de sí mismo, y es que tras repetirse la frase como para incidir en su real sosera, se percató de que su vida ya sólo dependía de idioteces que se estaban transformando en preocupaciones gigantescas: *Te puedo conseguir una sirvienta*. ¿Hasta dónde había llegado su insignificancia auxiliadora? Cierto que estaba viviendo días de más, ¿o qué?, o cierto que todo cuanto experimentara a partir de ese día sería el residuo de tantos afanes ya inútiles. *Te puedo conseguir una sirvienta*. Hazaña. Favor. El punto más fino de una amistad de años, un semilazo que ya sólo dependía de un detalle que a la postre se habría de convertir en la redención fortuita de algo desconocido. Ponciano: salvador; Sixto: salvado, ¿y qué más? El presentimiento de caminar sin rumbo. Pasos lentos. Rumia que vaticina hacia un «dónde» que «nunca», o hacia una solución ya cercana... Pero... ¿cercana?... Lo que sí que Ponciano se alejaba rumbo a ninguna parte, tal como se alejó de su casa de Torreón sin tener siquiera alguna idea clara de derrotero. El infortunio picoteaba por doquier, como una burla que diera chasquidos de más y en desorden. La vacuidad cobrando forma para al cabo involucionar hasta quedar del tamaño de un filo monís... Y lo subsiguiente... Lo mero «sin rumbo»... Los pasos, apenas... Vida minúscula que quiere ser todavía más poca... Es que nomás de recordar: *Te puedo conseguir una sirvienta*... ¿él?, ¿con ese poder huero?: ¡qué bajo!, ¡qué rastra de persona! Pero de pronto Ponciano hizo un alto... La barranca de Sombrerete... Ir... Era el momento. Y rumbo al sur ¡ya! ¿Qué tan lejos? Allá podría –tras ver durante horas y horas la hondonada sugestiva– hacer un recuento de todos sus errores desde que efectuó su último viaje en tráiler. Examen ¿servible?, o tal vez para encontrar una verdad perdida que ojalá ¡sí! Pero, antes de cualquier impulso, lo adecuado sería preguntar qué tan lejos y por dónde era la ruta más corta hacia ese paraje tan dizque hondo...

Pues ahora sí que atajar al primer transeúnte y...

–Oiga, disculpe, ¿usted me puede decir por dónde puedo irme para llegar pronto a la barranca de Sombrerete?

–¿Cuál barranca?

–Pues, según me dijeron, hay una que está hacia el sur del poblado, como a unos cuatro kilómetros.

–No, señor, en todo el derredor de Sombrerete no hay ninguna barranca.

–¿No?

–No por aquí cerca... Conozco bien la región.

–Pues gracias y disculpe la molestia.

–No, ¡por Dios!, no es ninguna... Pero yo creo que lo que debe hacer es seguir preguntando.

Buen consejo para un alelado que con automatismo siguió deteniendo a cuantos para arremeter de vicio con, ¡puf!: su terquedad tenía que hallar contención, dado que no había quien le dijera algo distinto a lo dicho por el primer transeúnte. Entonces ¡no!: engaño, dato falso ni siquiera aproximado. De resultas: aprendiz total: Ponciano que, no obstante, seguía molestando con su gran pregunta a quienes se dejaban, aunque la premisa de la derrota ya tenía recale, habida cuenta de que lo que correspondía era hacer una recapitulación, empezando por las fotos que Sixto le había mostrado a su patrón en aquella mesa de cantina... ¿se recuerda?

Veinte fotos de color muy subido.

¡Qué fraude tan categórico!

Seguida de la conexión hecha con aquellas fotos misteriosas pareciera que la noticia pormenorizada de la inexistencia de la barranca le trajera a Ponciano un desconcierto absoluto, asimismo una indecisión alimentada por torpezas y pesares, ya que no hallaba adónde dirigirse. Es que había sido tan rotundo lo ocurrido ese día que, bueno, cuántas cosas más podrían presentarse. Es que ni modo de dar un brinco espectacular para saltarse varios empeoramientos venideros. Una reflexión cabría: largamente, pero ¿tenía que hacerla de pie?, allí: en una banqueta, o recargado en una pared cualquiera. Poco a poco la dirección se perfilaba... hacia la casa amarilla... A ver cómo hacía para llegar hasta su habitación sin que nadie lo viera. Acto seguido: pensar acostado, asoleado, también, al sesgo. Plan...

155

Pero la realidad a la hora de la hora fue, para colmo, la que menos le agradó. Al chupado le salió al encuentro doña Elvira. Luego, sin más ni más, ella le repitió las preguntas de la otra noche, casi en retahíla, con más elaboración.

Contestar con fastidio, agréguese la cortesía decaída, más todo de pie para acabarla, porque hubo ofrecimiento de silla, pero él se abstuvo de un mañoso aplaste por temor a que la plática se prolongara hacia asuntos que para qué. De modo que las primeras respuestas fueron secas, de cumplido, pero los comentarios a las respuestas: ¡ah!, ahí estaba la treta de doña Elvira: ponerse huidiza... Total que pasitamente hubo sentada de ambos. Se agrega al respecto que la señora trajo una jarra de agua de limón y dos vasos de plástico. Cordialidad rústica. Para tal encomio al viso, Ponciano terminó por relajarse como si su cuerpo le indicara que esa flexión, con recargo de antebrazos en la mesa, era la mejor de todas las que podía tener. Así surgió el tema de la amistad: los apegos que vienen y van como olas mansas, y de repente un encrespamiento y de repente la uniformidad.

Bah, la amistad es infiel.

El ceño de doña Elvira no cambiaba siquiera algo. Oía inquisidora, tratando, con tacto, de ampliar con tibieza la respuesta de Ponciano, si es que notaba alguna trabazón de él. Ayuda dulce, apenas, como privilegiando un argumento que ya subía, ora que tal vez en lo alto de la idea ambos encontraran alguna equivalencia de haceres, alguna creencia cual miasma, o algún pequeño deterioro, o alguna vulgaridad fortuita, porque lo cursi le da pie a lo guarro. Y... ¿la amistad es infiel?, ¿qué tan infiel? La fidelidad, entonces, será siempre un escudo de acero, pero con una avería en el centro, ¡uf!... Veamos pues a la flaqueza derrotada por una sola amenaza, el derrumbe que aguarda. Y...

¿el amor, ya de plano?, ¿dónde? El chupado hubiera querido que la doña suavizara un poco sus facciones al oír la palabra «amor», ¿lo habría tenido ella, cual debe?, ¿o él... con quién? El amor es una suerte que se estira y luego se afloja, ¿o no? Es como un chicle bien mascado.

¿Y la convivencia que se amolda después de todo lo que sí y lo que no? La costumbre del afecto que se encamina en directo hacia una gran paradoja sería lo más llano pero también lo más difícil.

Entender la esencia de la costumbre, traerla a capítulo, por conveniencia oculta. La maña del amor naciente: ¿cuál, que pueda detectarse? Y Ponciano pensó en Noemí... esa obligación casual, siendo un modo de aquellar las circunstancias que el destino diseñó para ellos. Decirlo sin tapujos ante doña Elvira: ¡NOEMÍ! Sí, aquellar, pues, las minucias amables. Y esa idea cuajó con hartura, masa que abarca todo lo que chispea, lo abarca para sofocarlo y ¡ya! Entonces «con permiso», ya no abundar en otros conceptos. Lo subjetivo ¡al diablo! Más bien adueñarse de una ilusión concreta que se afila... ¡Noemí!... Y sin decir «agua va» Ponciano subió a su habitación dejando a doña Elvira entrecejada, ella se quedó con tres palabras oblongas en su mente: «amistad», «amor», «convivencia»: un trío circular girando como una sutil rueda de la fortuna, chiquita, luminosa, poco más, poco menos, al fin una versión de luz que sí, que ya: tal alcance, tal emblema allegado... Alcance de acueste, mejor dicho: allá, donde el sol pegaba enteramente en la cama de Ponciano. Un revestimiento blanco. Pues no había más que cerrar la cortina para que lo verde floreado transparente se impusiera. Se impuso sobre –como un simulacro de sombra– la cama: invitación, ociosidad: una conveniencia que quisiera ser tan fresca como una fruta y, ay, primero tocar... Es que la duda es que lo caliente aún. Pero de rato se dio el acueste deseado para pensar con gran desplazamiento sobre lo vivido en Sombrerete, amén de seguir viviendo qué monotonías: allí, lo esperado: la cotidianeidad trabajadora y punto... y nada... Ponciano pensó —cuando se removía con gozo en el colchón— que había habido pacto entre Noemí y Sixto; que tal vez su ex amigo le había dicho a ella lo del asesinato remoto en el que ambos habían participado; le dijo que en cualquier momento la policía los arrestaría, anduvieran donde anduvieran; que tanto él como Ponciano tenían los días contados; que necesitaban protección mientras tanto, por lo cual —¡ya!— atando cabos: Sixto le había recomendado a Noemí que invitara a Ponciano a vivir a su casa, dándole, asimismo, chamba y, como remate, dándole vacaciones nada más por tener la edad que tenía. Protección, casi arropamiento. Entonces: más amor que amistad, ¡la interpretación! Entonces el ánimo para saber si era eso... tan grande... AMOR que nace y camina...

Entonces devoción...

Acercamiento...

Con cálculo...

Mañana el abrazo espontáneo, como hallazgo...

Y —¿por qué no?— como celebración...

Mañana las miradas de miel...

Lo frontal... bien suave...

Conexión que penetra y raspa muy apenas...

Con benevolencia...

Miradas todavía... Aprendizaje...

Prevenciones sonrientes...

Perfiles del azar: que han de juntarse...

Dos que quieren ser uno, un solo molde...

El beso provechoso...

Bocas pegadas... Luego: qué invención tan móvil...

Besar, besar, besar...
Seguir besando bien...
Entusiasmadamente...
La holgura natural...
Pero...
Mañana, lo primero...
Ojalá...

Aunque vale decir que el día de mañana todavía era de asueto, y adelantarse para saber si el afecto era real, si la verdad no era nada más una nube extrapolada que el viento hace cambiar a cada rato... Adelantarse. Saber. Sentir. Vivir lo que ya es.

Aquella noche Ponciano durmió como nunca antes. Primero se quedó acostado pensando durante –más o menos– unas cuatro horas en las tonterías que el azar lleva y trae: lo pasado que empata con lo presente, o que se deslinda: ¡a fuerzas!, tal vez, y luego, como a eso de las seis de la tarde, se le cerraron los ojos a ese que nunca se había dormido tan de cabeceo recio: por mor de una evasión llena de anécdotas casi infantiles. Durmió doce horas seguidas: ah.

Consecuentemente: Noemí: la mira, el despertar.

Salir de la casa amarilla para ir de nuevo a zamparse unas seis gorditas. Lo malo: no abrían tan temprano el restaurante típico.

¿Entonces?

La vagancia tempranera.

Ver lo amanecido de las calles de Sombrerete: los ruidos y los colores nacientes. Las personas y su optimismo principiante.

Ver.

¿Suponer?

Dejarse contagiar por el espíritu de la frescura y también oler lo que había de olores rancios o agradables.

Caminar. Detenerse. Buscar dónde sentarse.

Por adelantado hay que seguir el engallamiento de Ponciano, asociando un aspecto que ahora se trae a colación: traía puestos una camisa y unos pantalones vaqueros relucientes, o una brillantez contra lo medio chocho de él. Estreno –porque sí– acorde con lo que haría tras llegar a la tienda de la chaparra. Atrás quedaron el zampe de gorditas y la relajación resultante, justo cuando estuvo dándole sorbos sonadores a su café con leche.

Tantas ideas que a fin de cuentas terminaron por incidir en un solo propósito.

Propósito que sería ¿un parteaguas?: ¿en Sombrerete?: ¿o qué?

Motivado por la acción que iba a emprender, Ponciano se dirigió a la tienda de Noemí: taconeaba de vez en vez el empedrado de la calle, iba erguido, con una gallardía que ni él mismo se la creía del todo e incluso suponiendo cosas muy de vencida: su juego, su osadía, pero hasta dónde el freno: bah, es que pensaba exagerado: para bien: en liviandades y ternuras. Luego ocurrió esto: llegó y la actividad, llegó esperanzado. Tal era el movimiento abarrotero que el chupado optó por recargarse en una pared sin dejar de mirar el atareo único de su objetivo. El recargue del hombre en una suerte de catinga fue notado por la clientela y los empleados juveniles, menos por Noemí: su concentración valía. También Ponciano, concentrado, estaba viendo y valorando. Una belleza casi contraria... tan metida en lo suyo. Chaparra, pero apetitosa. Con cabeza de papaya: sí, en efecto, pero había que ver cómo le caía el cabello: las capas lisas sugerentes: como si se tratara de un amaneramiento la uniformidad colgante, bonita. Cierto que estaba un poco regordeta, pero... con valorar chulamente lo bueno de su ser... La recomposición radiante...

160

Los rasgos del agrado... Ahí y allá los destellos que jalaban... Y el hombre recargado en la pared no podía dejar de ver a la chaparra ni un instante. Ver el brillo de su morenez punteando. Cazador paciente. Tanta insistencia fue notada por muchos ojos circundantes, tantos preguntándose poquedades. Y sí: lo otro: la lentitud saliente de la clientela que iba siendo despachada. Desalojo parcial, pues, y zozobra acá porque Noemí avanzó hacia la puerta principal, y la intercepción: el abrazo de... ¡chin! Arrebato sensible voluntarioso. Ponciano aperingó a Noemí de la cintura. Agarrada sabrosa, útil para que él tratara de besarla con mucha dulzura, pero ella movía su cabeza de un lado a otro, negándose tajante, gimiendo, y: *Nomás un beso. Uno, ¡ándele! Nomás uno que dure un ratito y con las bocas abiertas. ¡Déjese!* Pero la chaparra se sacudió con toda la brusquedad que pudo y le acomodó a Ponciano una cachetada sonadora. Pero –huy– siguió el forcejeo de manos que insistían en el aperingue y Noemí luchando sin pedir auxilio. Los empleados aún no sabían si intervenir o no. Tulio extendía sus brazos hacia los lados y abría sus manos para detener los posibles impulsos. Es que la patrona y el empleado mayor habían vivido juntos: sabían su cuento. Por ende: el aprieto: más, más, y todavía: *Un beso suavecito. Uno, ¡por favor!... Si usted saca la lengua yo también saco la mía. ¡Besémonos! ¡Ándele!* En ese momento entró a la tienda Sixto Araiza sólo para notar la espectacularidad angustiante. *¡Suuueeéltaaaalaaa, caaabrooón!* Al oír lo sonoro de esa voz cavernosa, Ponciano soltó a su presa. Por fin se percató de que los empleados y unos dos o tres clientes empezaban a rodearlo: todos con los puños bien cerrados. De nuevo Sixto habló: *Más vale que te largues ahora mismo de este pueblo, porque de lo contrario te vamos a apedrear hasta matarte*, y al soltar su procura Sixto vio en redor y:

¿Verdad que sí lo mataremos?, y el «siií» general concurrente se oyó frenético y, bueno, Ponciano salió de la tienda –le abrieron paso–, ganó la calle e iba gallardo como si se metiera por un boquete para alejarse cuanto antes.

Atrás quedó el sortilegio de las muchas miradas.

Ponciano aceleró sus pasos, de todos modos lucía de maravilla su ropa vaquera.

7

Se la había jugado adrede. Noción repentina, más sin
efecto que sin fundamento. Vislumbre de algo que no podía ser lo más recomendable. Besarse: ¿por qué?, sobre
todo con las bocas juntas durante buen rato y las lenguas
viboreando entre ellas ensalivadamente: ¿verdad que no?
La negativa y luego la tormenta inesperada. Jamás una
concordia general de los mirones al cabo de la violencia
que usó Ponciano para que la chaparra –derrotada– afloja-
ra su boca y ¡bolas!: que viniera lo otro.

Lo resbalón durable.

Pero amor no, menos una simple delicia sexual bo-
quienta.

¿Y por qué el chupado había actuado de esa manera?

La reflexión al respecto avizoraba una ruptura, no
obstante que el pretencioso del beso dado enfrente de toda
esa gente no podía descartar llevarse una sorpresa placen-
tera: que los mirones empezaran a aplaudir con timidez y
enseguida con un entusiasmo redundante en loas y api-
tos... Que Noemí quisiera besar con frenesí a ese señor de
aspecto interesante... Pero ni para cuándo... Antes bien el
enojo... Un enojo que tenía que inflarse no por el beso,

sino por el intento de beso... Ya el forcejeo se antojaba depravado... por lo que (hay que entenderlo): Ponciano quiso eso adrede. Modo feo de huir de lo que ya no tenía continuación. Adiós, Sombrerete; adiós, con escupitajo.

Estaba sentado el sesentón en una piedra grande y boluda: a las afueras del pueblo: muy juez de sí mismo. Esa equivocación con visos de hazaña: lo último: ennegrecido, ¿y lo demás anterior? Tenía que ser Sombrerete una borradura a fondo: Sixto, Noemí, Raquelita, los buitres, los sepultureros, Tulio, doña Elvira, las gorditas. Por cierto que esa vez final que se alejó de la tienda, Ponciano fue en directo a la casa amarilla. Recuperación: poca: respirar a gusto: allá en la cama, porque la recuperación real era la del dinero: lo ahorrado: la bolsa de plástico en un escondite muy bueno: el dinero intacto: ojalá.

Pero no fue mucho el tiempo de reposo pensativo, ya que lo más pertinente sería abandonar la localidad, pero sin franco alejamiento, debido a que no podía perder de vista la Estación de Autobuses. De hecho, antes de cualquier cosa, Ponciano recuperó el poco de dinero que le quedaba. Rapidez de maniobra: del escondite sólo él sabía dónde... Así que lo siguiente: la aceleración de pasos no llevando consigo el bolsón de plástico gris donde había puesto la ropa vaquera. Llevaba, en cambio, metida en sus calzones, la legendaria bolsa de plástico que contenía un buen monto de ahorros. Y huyó, pues, sin pagar la renta; ni siquiera dejó olvidada en su habitación una mugre moneda, sea que el encuadre al sesgo fue éste: doña Elvira Del Valle se quedó viendo entrecejada, como una estatua, la retirada nerviosa de su cliente. Maña y triunfo de él... porque ella no podía imaginar que la deshonestidad se estaba yendo.

Luego...

164

Ver de lejos el panorama de Sombrerete, viendo asimismo, hacia su derecha, la Estación de Autobuses, situada a una distancia de unos quinientos metros. Él mirón, dubitativo, triste también...

El interiorismo –cuando se prolonga– no hace más que posponer las acciones e incluso modificarlas de continuo hasta convertirlas en algo imprevisto que a saber si logrará concretarse alguna vez. Ponciano miraba las tres o cuatro lejanías que tenía ante sus ojos e imaginaba derroteros inciertos en los que ni para cuándo hallara tal o cual escapatorias optimistas que tras seguir pensando en ellas no desembocaban en algo real, conducente, benigno, como para decidirse a optar sin pensar más, o sea: cuéntese la iniciativa de ir: en directo: con un solo propósito inalterable hacia un lugar. Pero –mmm– tenía que ser lo irreal lo que ganara siempre, o más bien lo ideal, que a saber cómo sería de cabo a rabo... Entonces no... Entonces ir eliminando posibilidades, a bien de escoger ¿dos?, ¿tres?, ¡¿sí?! Bueno, de tanta depuración nada más quedaron dos: Saltillo y Torreón: rumbos e historias. Saltillo significaba llegar a la Agencia de Mudanzas como si nada hubiera pasado. Llegar ante quién... a ver... Disculparse por haberse ausentado durante buen tiempo y tantán. Sellar con cinismo ¿una supuesta pifia? La gana de abandono de empleo ¿así como así?, ¿por qué? Ver la disculpa como una solución y ¡ya!, y no sentirse asesino ni por error.

Pero mejor no hacer eso, sino ir con el hombre que le había prestado la pistola aquella, la Derringer discreta, pero colmada de balas. ¡Pues sí!, era más ecuánime esa ida. Ahora bien, ese hombre se llamaba Godofredo Núñez y era un compañero de trabajo medio lunático que vivía en una colonia orillera de Saltillo. Visitarlo: ¿despreocupadamente?: durante un fin de semana. La ventaja de localizarlo consistía en que en larga plática Godofredo podía narrarle los pormenores del negocio a raíz de la muerte de don Serafín Farías; lo que vino después: bueno o malo, y si se valora lo que aporta una ponderación imaginativa, Ponciano consideró que en un momento dado podía presentarse como un personaje totalmente fresco en la Agencia de Mudanzas, incluso quiso creer que tal vez sería recibido como un héroe, con vítores y aplausos a rabiar, ¡sí!, por haberse atrevido a matar al patrón. También la escena en mención sería excepcional, debido a que todos los empleados de la agencia estaban reunidos en la oficina: ¡todos!, ¿eh?, ¡bien contentos!

Pero mejor eso no... Saltillo no, ¡nunca!

Y el otro rumbo... ¿Torreón? Un desarreglo dificultoso. Llegar como si nada a su casa para encontrarse con Irma Belén: su gorda sufrida, y la resurrección con ardor: ¡allí!, ¡creíble! Amén de una perorata explicativa repleta de sentimientos, algo que también debía ser extensivo a muchos vecinos del barrio, cabiendo la posibilidad de que hubiera algunos asustados. Hay que agregar, por ende, aquello de que lo creyeran un fantasma, o un aparecido común y corriente, o un milagro de Dios o un hechizo del Diablo, o vaya usted a saber...

Ponciano deseaba apuntando alternativamente hacia dos rumbos: noroeste o noreste...

¿Era cosa de juego?

¡Qué dilema!

Tercera parte

1

Fácil decidirlo. Sólo faltaba llegar a casa y enterarse de lo que suponía, pero las horas en autobús, la carretera recta y asoleada, las tantas reflexiones para alcanzar la paz –desde ese momento– con exhaustiva contundencia. ¿Alcanzar la paz?: una elaboración que requería de un abecé bien concebido. Lo paulatino de las causas y los efectos puntuales... Pero... Lo más satisfactorio sería dormir con algo de desparpajo, para tal encomio Ponciano Palma se acomodaba retorcidamente en su asiento: y: lucha que no, ¡nunca! Entreveros aún, como para entender que las formas del olvido no eran rígidas y se disolvían con rapidez: luego: algo indefinido quedaba, sin remedio. Lo que sí que el chupado por fin pudo caer en el pozo del sueño, en pleno viaje hacia Torreón. Por fortuna, no se oían ruidos de radio en ese espacio encapsulado y la caída soñolienta fue blanda y el acompasamiento del avance autobusero fue arrullador. Arrullo prolongado...

Los personajes que aparecieron en el sueño nada tenían que ver con los de Sombrerete, ni con los de Saltillo o Torreón. Era gente desconocida que trataba de actuar con bastante gracia y prudencia.

Gente que se esfumaba como si volara de pronto. Volaba, de veras, con gran desenfado, tras haber andado por la tierra durante unos diez segundos.

Todo, a fin de cuentas, parecía –ya en recale– como pingajos de masa que no termina de escurrir.

Largueza que vino a ser una especie de volumen gigantesco cuyo peso era mínimo. La fragilidad de la transparencia: esa mole, amén de un sonido rompedor que hubiera estallado a lo lejos. Estruendo que se habría de apagar de inmediato para abrir escenarios más amplios y sombríos.

La cosa es que casi no había gente que deambulara por esos espacios enigmáticos.

Ponciano se despertó cuando apenas el autobús estaba entrando a la ciudad de Torreón. Dio gracias a la providencia por haber dormido seguidamente.

Fue un sueño, a fin de cuentas, escaso de detalles llamativos.

Lo peliagudo era lo real nocturno. El no poder dirigirse a su domicilio a tan altas horas, habida cuenta de las circunstancias que desde ese momento debía vivir. Su presencia sería fantasmal, en principio, porque nomás de imaginar todo el revuelo de las aclaraciones que debían darse, empezando por Irma Belén. La espesura pormenorizada. También debía narrar una historia sólida a cada uno de los que preguntaran y debía tener cuidado en no caer en contradicciones: ningún detalle equívoco. Limpieza, certeza, pues, rigor, seriedad, frialdad, por lo que... aprenderse un cuento personal en donde no tuviera cabida ninguna resurrección candorosa; en todo caso decir que lo vivido en el sur del país –¡ojo!– era semejante a una experiencia en el Purgatorio: días y noches que ni se sintieron y que por lo mismo nunca supieron a nada. Tiempo engañoso, porque parecía que había avanzado con rapidez, pero ni para cuándo. La lentitud se ramificó y confundió y blablablá.

Y prepararse para... muy talmente... antes de la supuesta pretensión de llegar a su casa.

De lo que estaba seguro era de que su esposa lo recibiría con los brazos abiertos y con un lloro que más bien sería de alegría.

Lo podía jurar: ¡ea!

Pero por lo pronto decidió quedarse a continuar su sueño arrellanándose en uno de los asientos de la Estación de Autobuses de Torreón.

Torreón, Torreón, ay, Torreón: lo reconocible: bien a bien: al amanecer: otra vida.

2

¿Otra vida? Ponciano se despertó tras sentir al sesgo que la iluminación eléctrica de la Estación de Autobuses se había apagado. Parecía un desenredo que ¡zas!: lo concreto: el despeje, alguien movió algo y ¡ya! La contraparte era el alba inmensa: ese tinte rojizo que penetraba casi todo lo visto. Amanecer a tientas. Y el desentumirse de inmediato: Ponciano. Su casa. Ir. No perder tiempo. Esa asociación concebida de súbito. Vivacidad, pues, porque estaba seguro de que a esa hora encontraría a su esposa, todavía en bata. Por ende: ¿cómo enfrentarla?, en principio, un poco burlón, pero afanosamente haciéndose el inocente. Tal ligereza, a ver si sí. Aunque no podía descartar que Irma Belén lo insultara, o que le dijera: «Ya vivo con otro hombre que es más fuerte y más trabajador que tú. ¡Lárgate!» O que ya se hubiera cambiado de casa. ¿En tan poco tiempo? Podría ser. O que ocurriera todo lo contrario: que tras abrir la puerta Irma Belén saltara de alegría, diciéndole al aparecido algo tan inverosímil como esto: «¡Ponciano, mi amor, llegaste en el momento en que te esperaba!» Pero mejor no adelantar nada. Dejarse sorprender por la realidad venidera sería lo más efectivo.

Se fue en taxi –la elegancia–: Ponciano orondo y resuelto. Pero su propensión al retardo lo obligaba a reconocer lo más reconocible de su amada ciudad, por eso le pidió al taxista que cruzara por las tres calles más históricas de Torreón: la Morelos, la Colón y la Juárez: un desvío de quince minutos, cuando mucho: antes de... Un paseo señorial y relajado. Rodeo, más bien, porque su casa estaba a tres cuadras de la Estación de Autobuses, como se dijo. El rodeo también permitía que su emoción se fuera gastando.

Hecho lo hecho: ahora sí, pero, estando a sólo dos cuadras de llegar a la dirección final, Ponciano le pidió al taxista que hiciera un alto estratégico, luego el volanteo hacia la izquierda –¿por qué?–: es que tenía que orillarse, estacionarse, de plano. Y se dio una plática a modo de negociación. Es que ese cliente le pediría un favor supremo: que al llegar a la casa el taxista se bajara a tocar la puerta del domicilio indicado y, una vez que saliera la señora dueña, informarle que en su taxi traía de pasajero a un tal Ponciano Palma. Entonces saber la reacción gozosa o no y, bueno, hay que dar toda la avanzada. Ya en tal punto exacto la vibra parecía armoniosa, pero eso no obstaba para que a Ponciano se le enchinara el cuero. Más cuando vio salir a Irma Belén, en bata, ¡oh!, y un poco más delgada –¡qué bueno!–, sobre todo de la panza, claro que también un poco menos cachetona. Pues bastó que ésta oyera el nombre de su esposo (a quien ya daba por muerto) para dar un salto brusco chancludo, sí –habría que verlo–, y le ordenó al bulto retacado en el asiento trasero del taxi que se metiera cuanto antes a la casa, debido a las suspicacias que despertaría en el entorno... Pero lo próximo era lo pendiente: el pago por el servicio... se hizo... y luego ya la rapidez deseada por ambos, dado que tanto ella como él querían evitar que los varios vecinos transeúntes que se dirigían a temprana hora a sus trabajos notaran (ni de reojo) la aparición o la resurrección del chupado... Y sí, en efecto, nadie notó nada, por lo pronto.

Adentro los fisgoneos muy de cerca, como si se tratara de un milagro. Nada más los perfiles enfrentados, afilándose. Crítica muda hecha con los gestos más raros de ella y de él. Mudez y tiesura. Pero luego de diez segundos sus manos empezaron a actuar: los recorridos tímidos primero por los brazos. Así la coba rozadora que estaba a punto de habla. Pero la fijeza de sus miradas: a un tris el mutuo perdonavidas, como aflojamiento gustoso...

Se dio enseguida lo burlón de ambos: sus sonrisas apenas, sus bocas fruncidas. Luego pliegues y pliegues: sus mohines, pero ni un jajajá...

Para ella fue más peliagudo el arrimo al olor de su marido novedoso. Era como ver a un muerto de pie que abriera y cerrara los ojos a capricho. Juego metafísico ¡allí!: aflojándose, irguiéndose y todavía sin decir una palabra... Ella sería la primera en pronunciar algo, eso seguro, ¿o no?... Pero se siguieron viendo con credulidad. Dos espectros y una mesmedad... Aun así: hallazgo y crecimiento, hasta que Irma Belén decidió hablar para ponerle freno a lo que parecía tener visos de terror.

–¿Por qué regresaste si lo que querías era morirte?

–Regresé porque aquí en Torreón está la vida y porque me di cuenta que te quiero mucho.

–Mucho...

–Sí, mucho.

¿Mentira? ¿Verdad? ¿Sinceridad? La mentira tenía más relieve, despacio se abría y aún podía pulirse. Por tal razón Irma Belén no quiso transitar por ese camino. Entendió que lo real del amor contiene esas pequeñas hipocresías, ese dejarse engañar mínimamente, a sabiendas de que todo lo que ocurra después será inofensivo: y: «porque me di cuenta que te quiero mucho». Bagazo emotivo: medio falso: y: mejor optar por un desvío prudente:

—Pues yo colgué el moño negro e inventé una historia fea, pero no exagerada, que es la que muchos vecinos conocen.

—¿Cuál historia?

—La que tú inventaste, la del accidente en el sur de Jalisco... Sólo que después yo le agregué cosas de mi cosecha.

Valía aquí la largueza anecdótica: narrar con paciencia lo del viaje coronado con aquel vuelco del autobús en una cuneta; el regadío de muertos; el hombre sin brazo: sobreviviente: arrastrándose hasta morir luego; no obstante, la novedad aún desconocida era que había uno que sí sobrevivió: helo: Ponciano Palma: la aportación nueva y espeluznante y pues explicar eso a quien quisiera hacerla de preguntón, más aún viendo a ése tan campante, tan vivo: lo increíble luego de poco menos de tres meses. La muerte pronta y la resurrección todavía más. Pero también había que referir lo del entierro colectivo ordenado por el presidente municipal de Autlán: dato importantísimo que le daría mayor empaque a ese embuste tan cruento y tan, bueno, ¿cómo decirlo?, tan sañudamente arrevesado, sí, por ahí, aunque...

—¡Ni modo!, tienes que aprenderte de memoria hasta los detalles más simples, porque de seguro algunos te van a obligar a que les cuentes cómo estuvo el asunto y no puedes hacer invenciones al vapor.

Entendido. El ejercicio de la memoria no era (ni es) más que un asunto de práctica y más práctica. Tablas —si se quiere— que a la edad de Ponciano a ver de qué tanto le servían. Una ficción a fuerzas, y al respecto: la vastedad de detalles como sinónimo de vastedad de errores. El porcentaje de reducción: calibrarlo, y aun sí lo importante es (y sería) la apostura de quien narra cómo fue y en cuanto comete un yerro lo rectifica como sea. O sea que narrar no es (ni sería) otra cosa que la detección precisa de dónde cabe una enmienda que no parezca tal; que al contrario: sea un aporte sugerente, un restablecimiento sutil, o por ahí. Tarea, entonces, para quien aún no pasaba de ser más que un aparecido cuyo afán era congraciarse hasta con los que huían de él lanzando aullidos. Vengan, no muerdo ni asusto. Quiero ser su amigo, ¿me oyen? Pingüe preparación para agenciarse lo mejor de lo mejor... Lo futuro... ¿más o menos?... De una manera semejante Irma Belén le advirtió que eso le esperaba en cuanto saliera a la calle: las preguntas, las explicaciones, la disposición, amén de los gritos de espanto que circundarían durante horas, sí, nada más de verlo tan móvil, tan amable y, sobre todo, tan conciliador... Pero justamente eso ocurriría hasta el día siguiente, debido a que la permanencia (quiérase el retaque) de Ponciano en su nido legendario obedecía a todo un proceso de reflexiones y añagazas íntimas, o a toda una filtración de presentimientos que tal vez sí, ¡pues claro! Y ahora sí el olvido porque las miradas de los esposos se concentraron en repasar... ¿cómo decirlo?... cuando él recorrió de arriba abajo el cuerpo de ella: uh: le salió del alma decir: *Estás más delgada que hace dos meses: menos panzona y más afilada de la cara.* Positivo insulto clemente. También un piropo similar fue dicho por ella: *Tú estás más flaco y por eso mismo más desnutrido, lo cual me indica que deberé ocuparme de alimentarte bien. Ya verás cómo te voy a mimar.* Trampa agradable para retener para siempre a un hombre sensible, bondadoso, pero derrotado... Luego –por supuesto– debía sobrevenir lo más inmediato: el cómo te ha ido en estos casi tres meses, entiéndase el toma y daca...

y... primero ¿quién?... ella, dado que tenía una media docena de sorpresas maravillosas, pues aquí va la anécdota:

–A la semana de que te fuiste, llegó al expendio un señor cincuentón con la mira de comprarme un entero de lotería. Tan urgido estaba que no le importó la terminación de la cifra, por lo que le di el número que más me latió y a que no sabes qué: pues el señor le pegó al premio mayor, uno de siete millones de pesos, o sea: yo le di la suerte, él no escogió nada. Bueno, pues no quedó ahí la cosa. A la semana siguiente vino una mujer a comprarme otro entero de lotería y otra vez dejó a mi elección el número que, según ella, iba a ser el bueno, pues le recomendé uno que terminaba en ocho y qué crees: que le pega al premio mayor, de nuevo siete millones de pesos. Bueno, pues ya te imaginarás la repercusión que hubo: corrieron los rumores y mi expendio se hizo famoso en casi un abrir y cerrar de ojos y, desde entonces, día tras día tengo un gentío que hasta se pelea por comprarme billetes, si no hay enteros, pues cachos, y te puedo decir que en menos de dos horas agoto el total de los billetes. Como el éxito se me vino encima, tuve la necesidad de buscar un espacio más grande para mi expendio. Lo conseguí rápido y además conseguí ocupar a una empleada joven. El cambio me obligó a trabajar desde muy temprano hasta muy noche, es que tuve que equipar el local porque tenía que exhibir mayor cantidad de billetes: el doble o más, y la cosa es que todo se me vende. Ya para el mediodía termino, pero como tampoco me interesa estar de ociosa por las tardes, he pensado que puedo añadirle al expendio algo así como una pequeña bonetería, para empezar. El espacio que ahora tengo se encuentra en la calle Colón, tiene la suficiente anchura como para que pueda poner algo más de lo que ahora tengo. También aprovechando mi buena racha, he

177

trabajado como nunca antes: ideando y haciendo. Ah, y, por cierto, no sé si tú quieras ayudarme...

−¿Yo?

−Sí, el trabajo te llenará de vida. Además el negocio es nuestro.

Cambiazo en poco tiempo. Un vuelco capaz de vaciar una prerrogativa tan de revés que −¡uf!− daba para pensar de muchas maneras en lo correcto y no hallar ninguna totalmente redonda como para elegir otra suerte de vida. Se puede afirmar que la propuesta de la señora fue un agravio indirecto para Ponciano, que empezó a rascarse la cabeza... Sí: unos rascones imparables, nerviosos; asimismo, un agache: con una bien corajuda mirada al suelo, siendo que su plan era otro: el descanso durante unos días para el acomodo pertinente de reflexiones en concordancia con un accionar que a ver hasta cuándo se aclaraba. De hecho, el chupado no se aguantó y le dijo a su amada que deseaba embutirse en la casa durante −por lo menos− una semana. Gozo manso restablecedor. Chapuza contra sí mismo el no saber del mundo sino lo más elemental: el clima, la noche, el día, si habría lluvia o no: tales vicisitudes. También esperar a que le llegara quizá la energía de antaño, quizá la acumulación de varias ideas salvadoras. Un chorreo benéfico, definitivo. Pero para eso la paz: la vida interior a modo de enconchamiento. Que su cabeza fuera como un receptáculo ávido de ideas útiles: llenarse, agobiarse y no tener más remedio que empezar a hacer la depuración final. Sin embargo, a ver, a ver: Irma Belén no entendía ni lo que sí ni lo que no, por consiguiente hizo una pregunta bastante candorosa que, no obstante, exigía una respuesta larguísima... y darla... ¿cómo?... y reducirla a sólo un esbozo simplón, pero concluyente... ¡qué problema!... Ponciano dijo algo así como que en su estancia en Sombrerete no le había ocurrido ninguna transformación ni mental ni azarosa que le hiciera vislumbrar algo llamativo o excitante. Y esta frase buenísima, dicha sin tino, fue como estampar un sello: *Vivir en Sombrerete fue como vivir en el Purgatorio*. Pasa casi nada. Es como un escurridero perpetuo. Sombrerete es la evasión de la evasión o lo irrelevante de lo irrelevante, por ahí iba el decir de él. De ahí la dilucidación a conveniencia. Hallar lo útil para sí, con brío.

Sea que el Paraíso es Torreón, él lo dijo, el festín vital señero. Y lo más paradójico: el no haberse dado cuenta de que su vida compartida con Irma Belén era el regalo más impagable que la Providencia le había dado, así de cursi y de embustero. Y. Tantos años de ceguera. Es que la inercia de la aburrición. Sin embargo, justo cuando glorificaba a su esposa vino un reclamo de ella ex profeso: que por qué el desánimo, que por qué el encierro: ¿una semana exacta?, ¿por qué?

Lo teórico podía aflorar con descaro. Sería como un designio metafísico: un soplo desde arriba, y, ay, ¡cuánta elaboración! Ideas avenidas como abstracciones que se enchuecaban sin romperse. Nada aterrizado sobre una superficie reconocible, sino lo abstruso-religioso de un bien no tan próximo. Modo de adquirir una técnica de prevención o modo discrepante de purgar una vida que al fin y al cabo era prescindible. De hecho, Ponciano no había regresado a Torreón convertido en un demonio, sino que llegó con afán de reconciliación, por decir, angelical, ¿o no? Pero el encierro como rechazo al hacer común, incluso como intento de un franco decaimiento. Morir en el Paraíso o ¿qué?, protegido y santificado por el anonimato... ¿Y el Infierno? La reserva. La cárcel: cuando lo arrestara la policía: ¿ya mero? Pero lo infernal: guardárselo, y como Irma Belén no entendía bien a bien el trasfondo del fondo del recién llegado: que lo teórico-técnico, carajo; que lo sagrado de lo íntimo: retocándose, pues, lanzó una idea desenfadada, terrenal, si bien:

–Si lo que temes es que alguien te reconozca, puedes disfrazarte de algo. Tengo un sombrero texano y unos anteojos ahumados. Tengo una peluca y dos paliacates: uno rojo y otro amarillo. ¡Anímate!, ¡vente conmigo! Me gustaría que me acompañaras a mi nuevo expendio.

–No, mujer, lo haré dentro de una semana. ¡Entiéndeme!

Parecía altanero el recién llegado, más aún terco, tanto como para enrabiar a cualquiera. Todavía Irma Belén agregó:

–¿Y no te vas a agachar, como antes lo hacías, para que nadie te vea?

Bromista amarga, desesperanzada.

–No, amor mío (otro bromista), no me agacharé. Después te explico por qué estoy haciendo lo que hago.

Por purificación. Por hartazgo. Por resarcimiento, por conceptos tan impensados como deseo, antojo, desdén, moralismo, confusión, o ¡sepa! Y, entonces, ¿para qué especular?: ella: tan sin premisas ni conclusiones, tan de sentimientos diáfanos: ¡oh!

Ya no se diga talmente que Irma Belén cogió su bolso de mano haciéndose muchas preguntas. Se despidió de su esposo diciéndole que regresaría al mediodía para que comieran juntos, por lo que: ¡zas!: la separación, siendo que al ir por la calle –lista para abordar un taxi– le repiqueteó, al fin, una sola duda: ¿por qué Ponciano quería morirse?: o: ¿por qué ahora quiere encerrarse?, ¿por qué?, ¿POR QUÉ?, ¿cuál explicación?

El comodísimo viaje en taxi hizo que la señora se olvidara un poco del asunto.

3

Baño. Hacía tanto que no. Pero la enjabonadura borraría todo, hasta la dejadez. ¡Todo! Una plétora duradera. La acción de limpiarse con fe era como adquirir una espiritualidad flamante a la vez que despojarse de cuanto Ponciano debía olvidar. Ganancia. Agua continua sumando saboreos, a bien de saberse otro: él, ¡ahora sí!, con ideales de afecto resignado, acaso ¿abatido? Su logro consistiría en ir reconociendo y amando más que nunca los yerros de su cónyuge. Construir de revés: lo malo comenzando desde abajo y todo lo demás de subida: a ver cómo era, por ende, lo agradable tan primario: el aseo de raíz: de él: como un arranque brioso; y de ella ¿qué había?, bueno, por lo menos debía sentirse afortunada de tener a su macho en casa y tan propincuo, no importando si su encierro obedecía a un motivo inconfesable o por simple o confuso apocamiento, siendo que él, un poco más que ella, comía ansias por redescubrir lo que más le hacía falta. Lo que sí que había que poner en lo más alto lo de un segundo flechazo repentino para un semimuerto que mediante el baño se esforzaba por sentirse algo vivo.

Y luego...

Andando por la casa tarde, noche y mañana, abriendo cajones, descubriendo novedades, cuántos objetos, cuántas prendas desconocidas, desde cuchillos, cucharas y tenedores hasta llaveros y estampas sacras de santos que sepa Dios. Y lujos raros. Y chucherías inexplicables... Andar, andar, sin fastidio: Ponciano: reciente inspector, mismo que luego fue sorprendido por Irma Belén cuando hurgaba (qué) en la alacena, esa vez ella llegó a casa cargando bolsas de mandado, llegó al mediodía; y hay que decir que la ahora más delgada esposa era una pródiga compradora, una que hasta parecía una abeja que acarreaba utilidades a su panal. Cuánto ¿servible? Comida, tanta, y... ¡lo de cocinar le tocaba a ella!... porque él no era bueno para tal arte... Y la convivencia platicadora, en la que Irma Belén insistía en cuál sería el día en que su esposo por fin se decidiera a salir a la calle, a la realidad, al desconsuelo de tener que asumirse como un resucitado: ¿cuándo? Al respecto Ponciano fue tajante, dijo que explicarle a cuantos lo de su presunta resurrección le daba pereza.

Narrar retrae; repetir: más aún. Es que se trataba de un cuento demasiado hecho, sin posibilidad de cambio, de introducir salpimentando pequeños ingredientes, siquiera una desproporción creíble; siquiera un absurdo que hiciera avanzar la historia por otro lado, con un poco de caos y otro poco de método. Que no le quedaba de otra que impregnarse de la gracia del merolico extasiado, y de pronto adusto, reflexivo, ¿o no?, o mejor llenar de patetismo un anecdotario donde la sangre y la muerte fueron las protagonistas principales, o la ponderación de la necrofilia, pero narrada sin arrebato alguno, sin la opción de un deslinde fantasioso, ¡no!, sino que lo craso sería el estigma de valoración concluyente... mmm... pues no... Eso de «tal cual» exhibir una mentira... pues no... Lo correspondiente, más bien, sería vivir el amor como nunca antes: amor vivaz sensible: con todas las caricias posibles e imaginarias.

Propuesta:

—Cuando vengas de trabajar lo que debemos hacer es acostarnos en la cama para darnos muchos besos y acariciarnos bastante. Me gustaría que nos quitáramos la ropa, ¿cómo la ves?

—Bueno, pero primero tengo que hacerte de comer.

—Sí, sí, claro, a lo que yo me refiero es a lo que haremos después de la comida.

—Uh, sería muy bonito tratarnos como si fuéramos novios chamaquitos.

Costumbre por venir. La desolación: aun cuando se diera lo caricioso de un modo frenético o muy pensado. Orugas: ellos: saberse a diario: conocimiento: memoria, recuento, extrañeza: todo sin ropa. Y las manos que inventan. Y las bocas que al besarse luchan por hallar nuevos sabores.

Días pasaron sin alteración ni mínima ojeriza resultante de mucho verse de tantas maneras. También hay que poner en lo alto la no penetración, ¿para qué? A sus años el éxtasis transitaba por otro rumbo: el de la virtud que se abstrae cada vez más: las lenguas que lamen por doquier: porque ¿para qué decir dónde lamían exactamente? Mejor lo imaginario inacabado. Mejor los sentimientos que aplastan y construyen. Tal vez nomás lo palpable, queriendo entenderlo como indefinido, porque siempre queda lejos. Los tantos años de no saber quién era quién y venirlo a descubrir (un poco más) cuando ya la vida declinaba. Sin embargo, el amor terminaría por ser silencioso, aun cuando a veces expresara cosas.

En una de esas tardes de caricias temblonas, muy de refilón Irma Belén le preguntó a su amado la razón por la cual aquella vez, antes de partir, quería morirse y por qué ahora quería permanecer en encierro, y la reacción bruta: él de inmediato balbuceó, habida cuenta de que era el momento de la confesión: del habla indolente y casi adversa: ¿revelar sin impulso?, es que lo del asesinato ¿cómo?, ¿cuál victoria? Además los amantes estaban en cueros y... Vendría el apagamiento... Lo sustantivo a oscuras... La concepción de una idea de venganza que ni gradualmente llegó a ser superior... De modo que, con titubeos, Ponciano se fue vaciando. Estaba recomponiendo toda la aventura del tráiler de la muerte, esa mole rodante que su ex compañero y él empujaron al fondo de una cuneta, misma que cargaba el cuerpo del asesinado, y ¡ellos!: ¡a perderse en el monte!, ¡cada cual agarrando su rumbo! El encuentro postrero en Sombrerete, fortuito, intuitivo. Esa urgencia de llegar a un acuerdo entre ambos, pero no hubo tal, ni discusión echadiza, sino indiferencia y desgano. Por eso la ida a Sombrerete fue inútil –Ponciano lo reconoció–, puro escurridero vacuo. Por eso el regreso a Torreón...

–¿Por eso?

–No, también por ti.

Después salió a flote lo de la pesquisa de la policía. Tarde o temprano se daría el hallazgo del par de asesinos.

En resumen: los días contados, tal era el efecto abarcador.

Asimismo, despaciosamente, Ponciano fue adquiriendo confianza, la óptima, acaso, como para revelarle a su esposa que él fue el disparador de cinco balazos, dados muy de cerca. Hay que imaginar al patrón y al empleado, compartiendo el asiento delantero del tráiler, o mejor: uno al lado del otro y de pronto la saña, la inercia de los ruidos groseros, la metida ardiente de esas postas pelonas, la sangre corriendo y el miedo de saber que no había modo de corregir lo hecho. Por ende: Ponciano matón: el nuevo adjetivo para un hombre que tuvo una culpa creciente, un torbellino –ya– girando bien recio.

A todo esto, Irma Belén trataba de darle ánimos, debido a que, a medida que él narraba tanta barbaridad, se estaba poniendo triste, tanto que su voz empezó a hacerse ronca (¡imagínense lo ronco en la oscuridad!), más aún por darle importancia a lo desgraciado que no tardaría en presentarse. Pero ¡alto!: ella quería sonreír a como diera lugar: un contraste: su sudor (sí: apenas): al proclamar que él no debería sentirse avergonzado, que había hecho lo que hizo porque así se lo dictó su conciencia y punto. ¡Vaya!: todavía, con mucho más empacho, ella le dijo que no se sintiera un asesino, eso no, dado que en ese sentido la palabra tópica era «justicia»: una larga abstracción, una que hasta debía ser voluminosa si se daba la ocasión de hacerla por propia mano. Incluso Irma Belén le aseguró que su acto tenía la suficiente sensatez como para ser considerado heroico, ¿o que un explotador nunca debía recibir su merecido?

–De todos modos no tengo escapatoria.

¿Y eso qué?, ¿o quién sabe?, porque tampoco era razonable el deducir que la policía lo anduviera buscando a lo largo y ancho del país e incluso a lo largo y ancho del planeta. Más pertinente sería pensar que lo de la tal búsqueda era una posibilidad tan improbable como tantas cosas que no suceden ni siquiera en sueños y... a propósito, bueno, ¿para qué esconderse?, ¿qué ganaba con no ser visto? Que porque había que contar una historia demasiado redonda y sólo de imaginar los tantos reciclajes, PUES... ¿Que no valía como recurso la evasión?, ¿o decir cualquier cosa de cumplido, pero sin detenerse a darles la cara a...? En conclusión, Irma Belén le dio dos o tres consejos que a ver... aunque (la verdad) lo seguiría aleccionando con menudencias de todo tipo. Cierto que cuando estaban juntos se pasaban –la mayoría del tiempo– acostados en su formidable camastro. Lo cosquilloso aunado a lo reflexivo, siendo que lo reflexivo tenía hartas variantes: lo pasado, lo futuro: historias acabadas que ambos podían reinventar con desenfado y blandura, en cambio, lo presente ¿cómo reducirlo o agrandarlo?

–Olvídate de que eres un resucitado. No te conviene manejar esa idea.

¿Pero entonces qué?, ¿cómo sentirse? Cuando Irma Belén estaba en casa no había problema, pero cuando él estaba solo: uh: los asomos, empezando por cerrar las cortinas que cubrían el único ventanal de la casita. Mantenerse no que se diga muy alumbrado para deambular por las pocas piezas estrechas, pero la tentativa de ver el exterior por una ranura demasiado achinada: a veces sí: y: refinamientos: quizá: por lo menos afuera no, sino el desarreglo tranquilo, cotidiano, lo visto durante tantos años, escenas de ayer (pareciera): descoloridas, con el agravante –si es que así puede señalarse– de que se notaba lo antiguo indigno como si quisiera ser lo más vistoso. Lo decepcionante de las arquitecturas hechas al «ahí se va». También los vecinos envejeciendo, verlos caminar mal, mal, apenas, como que cargando a cuestas enfermedades consuetudinarias que «Dios me libre», a lo que ¿valía la pena contemplar la aportación diaria de la calle?, máxime que la disposición de Ponciano era entrever, ya que ver abiertamente ¡nunca!, desde su semimuerte la escasa vivacidad, sintiéndose una rareza intermedia, un semi... lo que sea, ¡pues! Es que el encierro del chupado también era semi... ninguna totalidad: eso era lo malo. El reto sería sentirse en un ámbito bien oscuro, como dentro de un féretro espacioso, uno donde el semimuerto pudiera sentarse o ponerse de

pie y caminar con limitaciones, ¿por qué no? ¡Qué contra-
venido antojo para un miedoso! El remedio consistía en
que al llegar Irma Belén a la casita lo primero que hacía
era abrir el cortinaje: despeje no siempre luminoso, aunque, nomás llegada la tarde, Ponciano volvía a descorrer
aquello, en virtud de que pronto la luz eléctrica sería encendida, entonces de afuera hacia adentro las figuras mó-
viles vistas: y: el regreso del esposo de Irma Belén: ¡notado
ya!, ¡de veras!

¡Vaya previsión! La señora entendió el porqué de no
ser visto; ser oído sí (acaso), pero... Nada más el rumor del
habla. El zote vahído... Al principio ella discutió lo del
cortinaje como obstáculo visual, siendo que después, tras
cumplirse poco menos de una semana del regreso de Ponciano a casa, pues ya le dio igual... el miedo seguía... ¿Qué
hacer?

Pues sobrevino el soberbio descaro que Irma Belén
afrontó, durante una tarde. Eso esencial:

–Todavía no logro entender por qué no quieres salir a
la calle.

–Poco a poco lo irás entendiendo...

–Pero ¿en qué te puede afectar que te vean los vecinos?

–No quiero que me miren como un resucitado.

–Otra vez sales con eso.

–No quiero hablar con nadie. No quiero repetirle a
nadie la mentira de lo sucedido en el sur de Jalisco. Tampoco quiero ser grosero con la gente. No quiero, ¡no quiero!, ¡grábatelo!

El convencimiento parecía demasiado opuesto, era como
empujar de subida una roca sobre una pendiente pronun-
ciada. ¡Puf!, esfuerzo insuficiente, pese a la buena voluntad para efectuar dicho propósito: y el logro ¿cuándo?;
¿dónde?, siendo que esa conquista estaba más distante que

187

el aporte dado por quien hiciera el cálculo más exacto. Estorbo: la terquedad negativa de Ponciano; estorbo, también, lo razonable de Irma Belén. Otra táctica sería la exploración sentimental de esta última, aprovechando la disposición nueva de quien deseaba establecerse ya para siempre en Torreón, en espera –¡claro!– de lo peor. Vivir el propio apagamiento con toda la felicidad posible, o un acomodo a conveniencia, como si lo puro sensitivo fuese un adorno que no estuviera de más, o algo parecido; o ver lo amoroso como el último pago o el último cobro que Ponciano haría o recibiría respectivamente. En uno de esos días a temprana hora Irma Belén se despertó animosa para ir a sus labores, primero se dio un buen baño y luego se emperifolló muy apenas. La novedad de todo esto fue que le dio a Ponciano un beso largo en su copete despeinado, además de acariciarle con sus dos manos la cara dormida que más de rato se despertó sintiendo el cariño como una agresión. Ya con los ojos bien abiertos el chupado escuchó una orden sutil: *Vístete*, o sea ¡¿qué?!, ¡de plano! Y la negligencia a causa de lo que ya se sabe: el encierro estratégico, pero... entonces la repetición de la orden fue un poco más subida de tono, haciendo que el desconcertado señor pusiera un freno: *¡¿Qué te pasa?!* Irma Belén tenía que atenuar su arrojo, sólo que la delicadeza más útil ¿cómo era?, tampoco ella tenía por qué dar tantas explicaciones, pero, estando él tan duro de mente, pues sí, cualquier argumento tenía que ser almibarado, con destilación lenta, atosigante; así deslizar las ventajas de... ¿se infiere?... La vida que se retoma al aire libre, como si se tratara de una indefensión que pronto no lo sería o como una armadura robusta, impenetrable, para soportar lo insoportable del mundo. Sí, más y más atributos que sirvieran como refuerzo de un propósito que significaría algo así como un despertar radiante; sí, porque el hecho de que la pareja se tomara de la mano para avanzar con orgullo por la calle: pues a él le daría una inmejorable salvaguardia, también una certidumbre para comportarse como le viniera en gana. Y así salir e ignorar a las supuestas personas preguntonas. Sin embargo, Ponciano apenas se ponía la camisa vaquera. La lentitud de él hacía que Irma Belén se prodigara en aspectos que más tenían que ver con la seguridad con que él se condujera al ser requerido por cuanto vecino se le acercara. Los rechazos tajantes, las evasiones apáticas, el no expresar más que frases truncas, sin un ápice de desconcierto; tales procedimientos servirían como una rueda excéntrica que triturara todo cuanto pudiera pisar. Y la mujer siguió persuadiendo a su hombre no obstante que él continuaba vistiéndose con toda la parsimonia de movimientos de quien no está totalmente convencido de lo que hace. La obediencia, pero también el descrédito; el ímpetu, pero también lo mero llevadero: ¿qué es lo que a fin de cuentas se impondría? La última argumentación de Irma Belén estaba centrada en los tejemanejes del expendio: lo agobiante durante unas dos horas; la no distracción ni siquiera de un segundo en cuanto a la acción de despachar clientela con presteza, pero a todo esto lo concreto digno dependía de que el hombre estrechara la mano de la mujer para salir a la intemperie con donaire, como si se tratara de un reto o de la simple ufanía de dos enamorados adultos que a cada paso se iban acrecentando. Y así salir: ¡a la vista!, helos, con ritmo cadencioso...

Su caminar rumbo al trabajo.

Iban.

Había que verlos.

Y lo hicieron antes de las ocho de la mañana, calculando que todavía era temprano como para que los vecinos notaran que el marido de Irma Belén había regresado como si nada; que estaba sano; que hubo un malentendido de ella desde casi tres meses antes.

Con turulato asombro, los mirones veían a la pareja, como si paso a paso el hombre y la mujer saborearan su reencuentro.

¿Realidad?, o ¿qué?

Pues no faltaron las reacciones brutales: los gritos de espanto, las frases efusivas y hasta las estampidas apanicadas de muchos. Así los comentarios tremebundos: ¡un muerto vivo!; ¡un resucitado!; ¡un fantasma!: ¡un aparecido diurno!; ¡qué confusión tan arrevesada!; ¡estaría bueno tocarlo, preguntarle... a ver qué dice!; ¡hay que verlo de cerca!; ¡qué dirá él y qué dirá ella!; ¡yo prefiero no creer lo que veo!; ¡que otros indaguen, a mí me vale gorro!, ese vil escepticismo que nunca falta, y en menor escala continuaba el rumoreo en retahíla, subidas y bajadas de volumen y —¡claro!— hubo acercamientos con tanteo, casi como temiendo un aspaviento desconcertante de Ponciano, pero no hubo ningún tiento, sí, por el contrario: preguntas rápidas y respuestas evasivas. Respuestas que al ser dichas hacían que Ponciano virara su cabeza con pedantería, al igual que Irma Belén. Tontos, ¿verdad?, pero así querían hacerse sentir. El desdén y las pocas palabras alejadoras, groseras: ¿Porque para qué poner aquí lo despreciable de las contestaciones?, es que hubo varias dichas de paso. Otros había que titubeaban al preguntar y dejaban incompleto lo deseado. También cabe decir que la pareja no se detuvo en ningún momento. Hizo bien. Los cortones se daban en avance, como si se apuntalara la importancia del medio ignorar y el medio decir. Asimismo, la pareja nunca dejó de estrecharse las manos. Nudo fortaleciéndose a capricho: unión (creciente) que a ver hasta dónde, como si

190

esa apretura fuese una garantía de sepa cuántas cosas previsibles: desdén, arrogancia, protección, etcétera...

Y la pareja llegó a una esquina después de caminar una larga cuadra. Poco a poco los preguntones y los curiosos se fueron alejando como si se derrumbaran más allá.

Fue repelente, al cabo, ese par, que no tardó mucho en abordar un taxi.

Y otra cosa vivaz apareció: la comodidad de ir sentados gozando del paisaje urbano. Rumbo y velocidad. Pero el destino de ellos no fue el expendio, sino un restaurante que Irma Belén conocía, donde se desayunaba muy bien. Celebración, decisión al vuelo, sólo porque Irma Belén quería festejar la audacia de Ponciano por haber hecho lo que hizo. El mundo externo, ¿eh?, o el no tenerle miedo: ¡a la vista lo vistoso!, pues, tan normal... Modo de irse despojando de todo eso relativo a la fantasmagoría, a la resurrección, al aparecimiento, al desconcierto de siempre o no de siempre. ¡Fuera!

Dos sentones al unísono en un gabinete: ellos, con el aplomo pomposo de saberse y sentirse en una altura excitante. Lo mundano pequeño: mundo de insectos, como para irlo despreciando gradualmente. Pero la comida sería una gloria desprendida. Comer, comer, como dos reyes gordinflones... se lo merecían... El sabor multiplicado, imaginado desde que una mesera medio untuosa les tomó la orden: larguísimo apunte en su libreta: ¿por qué tanto? Incluso la susodicha se permitió hacerles un comentario al respecto –con timidez mediante–, advirtiéndoles que era excesivo el listado de platillos; que ni para cuándo podrían con todo... Pero el acatamiento, sin más: una elegancia dicha con palabras dulces, en vez del «¡cállese!, tonta»...

Total que a ver si cabía en la mesa tanta loza –tal vez no–. O lo más sensato era que la degustación fuera por etapas. Modo de no atragantarse con la impostura de lo colosal, garrafal... y dos vómitos seguros, ¿verdad?, tremendos, marranísimos... Pero la celebración a causa de la nueva vida, reducida, la poquedad estentórea, lo exultante: mal que bien...

A todo esto, hay que tener en cuenta la abundancia en la que ahora estaba instalada Irma Belén. Dinero cayendo –más, más–, moviéndose, emocionando. Lo venturoso, por fin, después de tanto errar sin ningún «para qué» claro.

Otro motivo de celebración: bendito expendio que permitía trabajar poco y ganar mucho, tal vez la única lata era la traída en vehículo especial del montón de billetes que se vendería casi en su totalidad al día siguiente, eso sí. Entonces colocar la exhibición de los billetes (los bastantes cuelgues), teniendo el auxilio juvenil de su asistente, esa tipita llamada Cornelia Ceballos. Una labor que les llevaba a ambas un poco más de una hora, esto es: al mediodía ¡ya!: el cierre del local. Adiós. Por lo que con la ayuda de Ponciano: mucho menos tiempo, desde luego. Sobre ese renglón específico hablaron los esposos durante el desayuno.

Pero antes lo eventual: llegaban los platillos humeantes, en etapas, como se dijo. También en etapas se dio la persuasión amorosa de la que debía tener la voz cantante. Referir, con deleite, acerca de las bondades de lo que significa (y significaría) la entrega al trabajo: lo tantito que es (y sería) a fin de cuentas. He aquí el convencimiento. Dosis de procura efusiva, tal como un esquema hecho en un dos por tres; y luego la traída cotidiana de billetes del depósito lugareño (muy oficinesco) de la Lotería Nacional. Meollo engorroso, pero pasajero, porque no representaba un esfuerzo tan gacho. Y Ponciano desayunaba oyendo con agrado. Y discurría Irma Belén al come y come pero sin concluir las raciones, picando ¡ea!: en señal de dispendio: ¡vean! (por decir), y veían, en efecto, los seis comensales próximos lo llamativo de aquella exuberancia culinaria que seguía progresando, en etapas (¡¿sí?!), como si esos seis trataran de explicarse por qué tanto.

Azoro, aunque también discreción cerradora: eso de ver: no tan abiertamente por parte de los mirones la exageración de comida y humo que llegaba en bandeja. Sin embargo, dicha observancia tenía que notarla Irma Belén, y en menor grado Ponciano. ¡Sí!: el acopio de platillos era raro: asimismo: la retirada de los mismos, a medio consumir. Y en el mismo tenor hay que destacar que a la pobre mesera no le fue posible ser expedita como lo hubiera deseado, de modo que se valió de los servicios de otra mesera para...

Pero a lo que se va justamente es a lo de la observancia de los comensales, que aun cuando fuera prudente: ¡era!, y el desprecio ulterior de la pareja adulta comelona consistía en no ver hacia los lados, ya que las miradas en redor no derivarían en agresión física, además ambos se debían centrar en cómo serían sus hábitos de ahí en adelante. Entonces, pues, que se despedazara el entorno, sin verlo nunca.

El qué hacer por las tardes era lo que estaba sujeto a propuestas. Pensar... pero pensar podía extenderse a seguirlo haciendo aun cuando ya viajaran en el taxi rumbo al expendio. Ocurrió eso, de modo que de inmediato había que ponerse en actividad porque ya –caray– estaba formada una fila bien larga de compradores en espera de la apertura de... es que también allí en espera se encontraba Cornelia Ceballos, la asistente chiquita, misma que no tenía llaves de (aún no)... y lo de pensar en pasatiempos, ay, apenas en el taxi Ponciano alcanzó a decir que podían ir al cine todos los días. Embeleso y solución parciales, en virtud de la rapidez del viaje, esto es: lo no redondeado, que terminaría de completarse acaso después de dos horas de despacho operoso...

Es pertinente decir aquí que a pesar de la tardanza de la mera-mera, que ahora venía acompañada por ¿su esposo?, ¿su amante?, nadie hizo el mínimo bisbiseo de protesta –menos la asistente–, en razón de que la doña propietaria era portadora de la buena suerte. Así que la armonía se hallaba alimentada por la total mudez, y en tal sentido ¿qué decir?... pues que todos los compradores se habían alineado con una docilidad perruna para al cabo avanzar poco a poco, sin ningún ruido de labios... Hasta parecía un ámbito sobrenatural, de tan disciplinado... Y aquí va una información que a ver cómo suena: el expendio tenía dos ventanillas: una la atendía Cornelia y la otra Irma Belén, pero, por lo que ya se sabe, todos preferían la vibra ganadora de la dueña, siendo muy pocos los que escogían a Cornelia, a veces ni uno, por lo que ella se ocupaba, mientras tanto, de barrer y trapear y sacarle brillo a todos los recovecos de ese espacio anchuroso. Bueno, ahora serían dos personas las encargadas de efectuar ese menester higiénico. O sea: la felicidad póstuma de Ponciano estribaría en hacer la limpieza diaria del expendio y... ¿le tenía que gustar?

El sesentón hizo la limpieza durante sólo tres días en los que también los esposos fueron a desayunar a ese restaurante de marras que tenía un nombre extranjero mitad inglés y mitad holandés o por ahí o ¡sepa!, pero en el que servían hartos platillos mexicanos. No obstante, en una de esas ocasiones de comer, ahora sí que sanamente, Ponciano le dijo a Irma Belén que no se sentía a gusto haciendo lo que hacía en el expendio, que lo de desayunar pagando

¡claro que sí!, pero que para él era preferible ir del restaurante a su casa, a bien de encerrarse allá. ¡Ujule!: a la esposa de inmediato le asaltó la idea del regreso solitario de su cónyuge –¡peligro!–, porque los vecinos, tras verlo indefenso, se le agolparían con la intención de saturarlo con preguntas peliagudas; entonces, que si ésa era la resulta de él, pues ¡ni hablar!, ella se vería forzada a llevarlo (otra vez en taxi) hasta ver por sí misma el retaque de ése en su casa. Acto seguido: la ida al expendio de ella nomás (como antes), no sin la advertencia hecha al señor en el sentido de que NO SALIERA SOLO, NI POR ERROR, ¿entendido?

Bueno, pero acerca de las salidas vespertinas: lo acordado a medias, todavía, de resultas... Es que para alcanzar una redondez se necesita que haya mucha materia prima: quitar-poner, hacer fina la selección, y lo interrumpido se impuso, sin querer. Aunque... en una de esas noches de encueramiento camero los señorones llegaron a un pacto no muy acabado: que irían por lo pronto al cine todos los días de la semana, exceptuando el lunes, ¿qué tal?; que incluso podían ver la misma película hasta tres veces (tres fue el tope) para encontrarle más sutilezas, claves y trasuntos a los aspectos más grandes y evidentes. Y la costumbre sería que Irma Belén viniera a casa a recoger a su marido, ¡claro!, descansaría ella un poco: allí: estirándose, o durmiendo siestas de quince minutos como máximo, y ahora sí ¡al cine!, ajúa, ¡en pos de películas de cualquier tipo, hasta infantiles! O sea que el entretenimiento sobre el entretenimiento debía cundir, a sabiendas de que lo entretenido es (y será) el pan que piden las masas y por lo tanto ¡tengan!: el triunfo es (y será) ése. Y adaptarse al gusto general: eso es (y sería) lo resolvedor, por lo cual: la indistinción. El éxito mismo, en sí mismo, por sí mismo y ¡pum!: el tiro al blanco: buscando el centro del centro.

Ir, divertirse, porque la pureza de la diversión justificaba todo lo demás. PERO... la salida... ¿cómo?... El hecho de caminar hasta la esquina de la cuadra larga para abordar un taxi: ¡no!: mejor llamar a uno de sitio, mismo que era más caro: ¿cómo la ves?, es que con tal de evitar a la gente...

En última instancia, Ponciano fue quien dijo que no le tenía miedo a nada relativo a un acorralamiento, porque ya se sentía más seguro que la semana pasada. Por ende, he aquí la recomposición: si alguien preguntaba algo relacionado con asuntos de ultratumba, simplemente se le podría contestar: *Mi esposa y yo vamos al cine, otro día será cuando hablemos de la muerte y la resurrección.* Esa respuesta podría ser la única, la cortante, la absoluta, la fría, la de verdad anfibia, la sobria, la bizarra, así que nada de pedir un taxi de sitio ni nada que se pareciera a esas danzas. Y pasó lo previsto, no faltó alguien quien: ¡órale!, ¡pues sí!, dejándose venir la respuesta citada arriba... muchas veces... siempre con variantes... Pero fue algo que tuvo que servir como escudo día tras día, capaz de hacer marchitar repentinamente los intentos de tantos.

Ah, pues, estos tantos portadores del rumor insulso, algo tan disperso que más o menos se pudiera reproducir así: Mira a estos que ya de viejos se han aficionado al cine... ¿Qué encontrarán en las tramas?... ¿Por qué a diario?... Quién sabe por qué se han vuelto viciosos del tan presunto arte... Es gente en decadencia... ¿Será que la esposa quiere retenerlo no dejándolo en paz un solo momento?

Escurridero: goteando apariencias de verdad, o quizá fuese un acercamiento a lo que casi: dado que el redivivo señor... a ver... atreverse a salir solo... ¡no!... ¡qué va!... ¡jamás!... En consecuencia: la protección enamorada, tal vez falsa, pero ilustre. El contentísimo y eficaz acto de estrecharse la mano, como táctica...

A la vuelta de unos cuantos días hubo un cambio de estrategia. De repente los esposos ya no iban al cine, sino a un parque a besarse, como tantas parejas de jóvenes calenturientos expuestas a la vigilancia de los policías cuidadores de la moral pública. Eran besos algo largos, pero sin desnudez resultante. A veces los esposos optaban por ir a cenar a un restaurante exótico, o a veces preferían la pura sencillez de pasear a pie por una avenida arbolada, de esas pocas que había en Torreón. Y ¿hablaban de amor? No, o muy poco, sino de la policía, de la cárcel, de la posibilidad de que no se alargara la vida de Ponciano siendo prisionero, menos ahora, cuando a Irma Belén le estaba yendo tan bien. ¡Ojalá no! Asimismo, eran dados a hacer repasos efímeros de las escasas escenas señeras que habían tenido a lo largo de su vida matrimonial. Ciertos fines de semana y ciertos momentos de alegría ya desdibujada que cobraban vida al sólo recordarlos. Sin embargo, lo que más se perfilaba como real e infeliz era el desaprovechamiento, el no saberse del todo como ahora, que ya casi lo estaban sabiendo. Aquellos viajes laborales en tráiler durante tantos años, extenuantes, la verdad, gracias a la explotación inmejorable de don Serafín Farías, así la ausencia sistemática de Ponciano, llegando, por lo común, con dinero a casa: poco –migajas, casi–. Y, para colmo, también su poco estar en Torreón. Las pocas sorpresas que aportaba una relación cansina. Y el aferramiento a una afinidad vacua, o que apenas. Y la no renuncia, pese a pese. Pero aquí había que rascar algo más: los pocos buenos momentos de romanticismo pleno entre ellos se remontaban a la época de noviazgo y, desde luego, a los dos primeros años de matrimonio. Después el deterioro tan invisible, la costumbre de representar papeles como si fuera una obra de teatro sin audiencia; el enfrascarse en esos moldes rígidos de esposa y esposo sin mañana, cada cual con su obligación estricta. Y el adiós inefable y el beneplácito de los encuentros de igual manera. Y el aguante que escala... para fortalecerse. Y la lucha sin lucha. Y la desazón sin desazón... ¿Ayer?, ¿ahora?, ¿acaso?... Ahora, pues: la oportunidad, vista más que nada como un juego apasionante: la diversión entremezclándose con la sensibilidad de ambos... En esa altura actual, crucial... A todo esto hay que decir que se prometieron no soltarse de la mano cuando caminaran por la calle e hicieron el juramento durante uno de sus desayunos... Se estaban queriendo... Pero –ya qué– era el rescoldo del sentimiento: lo fugaz, lo que se iba a terminar... Aunque... ¿terminar?...

Soltarse metafóricamente...

Bueno, se soltaban cuando se subían a un taxi, tenían que hacerlo (je), pero fuera de eso...

4

Tentar a la suerte cuando se es la mera portadora de felicidades ajenas: Irma Belén: pensando, queriendo, sobre todo porque su clientela a cada rato le informaba acerca de uno u otro logro minúsculo pero significativo. Se citan sólo cuatro expresiones en tal sentido: *Con un cachito de lotería me saqué un premio de veinte mil pesos. He comprado cuatro fracciones y en las cuatro he tenido reintegros. Gané tres mil pesos al comprar un entero de lotería. Algo es algo. Tres amigos han ganado premios pequeños al comprarle billetes a usted, yo no pierdo las esperanzas...* Irma Belén oidora, allí tras la ventanilla. De más está decir que ella debía conjeturar a qué tantas modificaciones favorables les sacaría provecho, amén de hacerse una idea de prodigios crecientes tras absorber esos comentarios. Así, entonces, lo llevadero positivo: y: la suerte para ella, la adjudicación... Una chispa en la noche, en la cama... Pero no tenía por qué comentarle nada a Ponciano, ni siquiera por la curiosidad de oír un posible y ¿zote presentimiento?... Lo más conveniente para ella era hacer a un lado esa tentativa íntima o, en todo caso, que el azar se manifestara cuando buenamente tuviera que hacerlo.

5

Otros comentarios solían hacer ellos cuando decidían encuerarse y luego encamarse. Por ejemplo: un hijo, ¿dos? Lo que ambos no se propusieron a su debido tiempo, por desidia, o tras argumentar que para un «después» que «¿cuándo?», y el tiempo se hizo redondo sólo para gastarse más pronto, hasta ser un total desperdicio, tanto que acerca del asunto nada se volvió a mencionar. De ahí que las caricias esporádicas que entre ellos se hacían no les supieran a progreso o a construcción de algo, y aunque fueran bonitas, pues qué chiste, al fin y al cabo eran inútiles. La verdad que ese engendro apócrifo ahora ya sería un joven lleno de ideas, mismo que habría de vislumbrar (seguramente) lo que ellos jamás vislumbrarían ni de chiste: esas cosas grandiosas y fáciles de conseguir, como podrían ser puros despejes relativos a una paz y a un júbilo que no decayeran así como así. Pero ¿para qué elaborar artificios improbables? Lo real estaba en lo declinante: lo último (de ellos) que ya se iba, lo tan evidente, haciendo que su amor pareciera como un embuste cuya amenaza ya estaba a punto de darse; por lo mismo, Ponciano se atrevió a decir esto:

—Como tú bien sabes, mi amor, toda mi vida he trabajado como bestia, ahora ya no quiero hacerlo más. ¿Me entiendes?

–Pero ¿qué vas a hacer?

–No importa lo que yo haga. Gracias a Dios te está yendo bien en el expendio y...

–Me está yendo bien por ahora, pero quién sabe si luego...

–Tú no tienes por qué dudar de tu buena suerte, no te conviene.

Incidencia. Más y más vueltas y revueltas sobre una idea fija. Obstinaciones ennegrecidas que no podían proyectarse de otra manera. Cansancio contra supervivencia con sus debidas proporciones deterministas, sin gozo desbordante en ningún caso. Asimismo, hay que recordar que «el deseo de pereza permanente» por parte de Ponciano fue la motivación de huida de la otra vez, por lo que de resultas esta vez qué.

¿Irse?, ¿repetir la intención?, con la particularidad de que ahora lo haría con mucho ¿más fuste?, aunque, si bien, ¿cómo era eso?: Ponciano: ¿cómo?, ¿eh?, teniendo en cuenta el peso que se vendría... Además, huir significaba pensar en trabajos extenuantes e incertidumbre plena y permanente. Y ¡no! Entonces lo óptimo sería el refuerzo del amor sin liquidar del todo la flojera. Lucha sesuda. Por ende: seguirse acariciando como ahora en la cama (el sesentón no debía dejar de hacer eso diariamente), que los redondeos sensuales frenaran toda una gama de ideas nocivas. Tal jauría de horrores a punto y tal derrumbe con sólo dar un paso hacia adelante o con sólo recular un poco, pero con el terror encima. De hecho, mientras Ponciano continuaba con su rejuego de acariciamiento porfiado, le vino a la mente una idea buenísima, la tuvo que soltar para que no se le escapara:

–Oye, mi amor, ¿nunca has pensado que tú podrías jugar a la lotería?, ¿qué tal si te da la corazonada de un número ganador, un entero, eh, y lo compras y le pegas al gordo y tu vida cambia completamente? Si le has dado suerte a tanta gente, también te la podrías dar a ti.

Tan voluminoso tip, siendo la suerte propia un tesoro inadvertido que a la hora de la hora ¿sí o no? La confianza. El saber que un pormenor tan así, bueno, ¿qué espejismo?, ¿qué arcano? Total que Irma Belén en vez de responder emitió onomatopeyas: no queriendo emitirlas, fueron zurridos vergonzantes, muy de llamar la atención, pero en lo referente a la luz personal, el cuándo sí: relampagueante y, por supuesto, ofensivo, en el gran valle de las tantas suertes asertivas que circundan, pues solamente bastó considerar que tanto la luz personal como cada uno de los asertos necesita de un instante irrepetible, uno entre millones, uno que por ser tan decisivo se extralimitara. Saber cuándo y cómo: ¡uf!: lo complicado de detectar, y la no respuesta, mientras tanto, flotando, en conexión justa con el «qué me dices» de Ponciano, mas he aquí la frase cerradora de ella, una procura escueta, cual debe:

–Si me llega a suceder que tenga un presentimiento tan grande, puedo jurarte que jugaré a la lotería.

Eso fue como echarle en cara a su marido que las corazonadas ocurren muy de vez en cuando y que si se arremete contra ellas lo más seguro es que la suerte se voltee de cabeza. ¿Interpretar, con arbitrio, sin dejar de meter baza? Lo sugestivo ampliándose, como si fuese un vehículo cargado de ideas reducidas que aún tenían veta. Acumular con distingo. Desechar con perfidia. Va que va: el tino, que no es (ni sería) aquí y ahora, como sí fue aquí y ahora la decisión de Ponciano de no ir al expendio, a barrer y trapear: ¿por qué? Ir, en cambio, al restaurante aquel, pero no a atragantarse de comida a tontas y a locas, sino por la mera posibilidad de solaz en un buen ambiente subliminal, que tampoco lo afectaría, a bien que enseguida siguiera el antojo: un dirigirse a un dondequiera urbano, ni mencionar qué lugares, la sola libertad de ir, a sabiendas de que hacia el mediodía Ponciano tenía el deber de regresar a casa, dado que por ahí al filo de las dos de la tarde llegaría Irma Belén del trabajo y le haría de comer a él para luego ir juntos al cine a ver cualquier cosa entretenida: ¿costumbre ya empezada? No, todavía no se daba la vagancia por parques y calles y sepa Dios por dónde más, que sí empezó al siguiente día cuando Irma Belén abordó un taxi para ir al expendio después del desayuno en el restaurante de marras y Ponciano abordó otro para ir a: sí: *Lléveme a la Plaza de Armas de Torreón, quiero bolearme los zapatos.* ¿Bolearse los zapatos?, ¿para qué le decía eso al taxista? El deseo le salió del alma. Lo que no soltó, en virtud de que se dio cuenta de que no debía hacerlo, fue lo de comprar el periódico antes de bolearse; leer encabezados: crímenes de la sociedad y truculencias del gobierno al por mayor, pero la información más importante era la de las películas que se exhibían en los cines no sólo de Torreón sino de La Laguna, sería bueno ver una película de acción con decenas de balazos, no sin que hubiera harto fuego proyectado en la pantalla: realismo descarado, a todo tren, que hiciera latir su corazón con frenesí: pura adrenalina: vibrar, vibrar, vibrar. Oh ruidos, oh volumen de batacazos y guitarreo con bocinas... Aunque... a Irma Belén esas películas, pues... Ella buscaba otras emociones... A él a veces le gustaba lo que a ella, peeerooo... A ella a veces le gustaba lo que a él, peeerooo...

Tolerancia.

De esa manera se empezó a hacer rutinario lo del amor

veterano. Los caprichos que a modo de remate se imponían para al cabo amoldarse a un procedimiento tan natural como el agua que corre. Lo del restaurante se impuso como lo más descabellado. Cómo no juzgar demente ese brete de ir a diario a un lugar no barato, sintiéndose unos reyes por viajar en taxi: pero ella mucho más: glotona incorregible y sonriente, dichosa por gastar su dinero a lo tonto... pero qué... si había suficiente como para darle vuelo de muchas maneras a ese antojo, de resultas: qué decir: soportar con buena fe, por parte de Ponciano, la humorada femenina, así como Irma Belén soportaba la dureza de coco de su esposo en cuanto a «no trabajar», además de compadecerlo por lo infernal que ya estaba por venírsele...

Sí, pian pianito, lo poco de diversión...

En tal sentido, su vagancia acotada era tan anómala como ese atiborre de comida variopinta durante el desayuno: ella devorando y él viendo.

Y cada quien su locura, que por fortuna no estaba degenerando en algo que no tuviera solución, como ser lo de él: su andar por las calles: de tal a tal hora, metiéndose a cafeterías de toda clase nomás porque sí, a bien de reafirmar su pingüe consumismo de bebidas tan pulcras como el café con leche o los muy espumosos capuchinos peripuestos; o también el manido deambular por algunas calles desconocidas de Torreón, no descartando que por ahí se encontrara con billares y cantinas de barrio o salas con máquinas de juegos electrónicos o parques escondidos (muy simbólicos) de colonias populosas. Tantos lugares para matar el tiempo, matarlo hasta que ya se aproximara la hora de la comida y por consiguiente la hora del cine. Las resoluciones planeadas, hasta que una vez él puso un alto: su negativa (efusiva) a ir al restaurante: un desahogo furibundo que a saber a qué obedecía.

Pero por qué hacer tan grande un problema.

De acuerdo.

No salir de la casa.

Ya estuvo.

Y por favor: ¡calma!

Hasta que dijo todo esto último fue que Irma Belén pudo respirar con tranquilidad.

Hasta después –en una de esas noches de caricias anochecidas– Ponciano le confesó a su mujer –que por cierto ya empezaba a engordar de nuevo– que el hecho de no querer salir a la calle se debía a que por todas partes se encontraba a uniformados con cachucha, unos demonios morenos que –con insistencia– lo veían como un ente raro. Tal impresión. Tal oleaje de fantasía que penetraba en el sueño. Escenas diversas, concluyendo malamente. Pesadillas que se amplificaban en la vigilia. ¿Por qué?

6

Aquí empieza el desgaste. Las continuas veleidades de Ponciano hicieron que Irma Belén se cargara de insensibilidad. Y hay que ver lo voluntarioso de él –un poco como entretenimiento y otro poco como abulia–: que ahora me quedo en casa; que ahora quiero andar de vago; que ahora tengo antojo de fritangas laguneras; que ahora pasaré la noche en un hotel barato; que ahora no me bañaré; que ahora sí, y con harto jabón, para que vayamos al cine a ver una de esas películas lloronas que tanto te gustan; que ahora no quiero que me hables; que ahora no; y luego sí; y luego la soledad como hundimiento o liberación o ¡sepa!... Y el hartazgo de ella: mustio y reseco; sus medias vueltas rudas, como si se tratara de una pandorga movida por hilos invisibles provenientes de una altura que a saber qué tan alta...

Deducción de él: si ella le daba la espalda y se iba alejando desdeñosa y fría, entonces él ganaba una nueva y total libertad. Es que el hecho de que Irma Belén le volteara la cara: pues ¡qué grosera!, ¿verdad?, y por tanto... La claridad sin obstáculos, el hacer correcto: cual fuera, así que vale mencionar lo que sucedió en una ocasión: Ponciano

206

salió de su casa con la mira de sentarse despatarradamente en la banqueta de mero enfrente: de súbito lo hizo. Antes se había puesto la ropa más gacha que tenía guardada: pantalones rotos, camisa rota (poco): estampa de pordiosero contundente: ¿el hablar a solas con timidez? Las incoherencias encontrarían su lógica ¿más tarde?

En solitario, Ponciano habló muy quedo durante una media hora.

Nadie se le acercó. Los que lo veían guardaban una calculada distancia de unos cuatro metros (lo menos), pero ni siquiera un segundo se detenían.

Curiosidad en tránsito, pues, a tal grado que después de un rato el pordiosero se puso de pie, como contrarresto frustrante, y así caminó cojeando: un fingimiento de dolor, a bien de que alguien se compadeciera y se le acercara para prestarle ayuda: Ponciano necesitaba palabras del prójimo, siendo que él ya iba pensando en una respuesta que quizá fuese ajena a toda plausible intencionalidad de quienes quisieran socorrerlo, estrechándole un brazo, por ejemplo, y él tuviese la opción de decir: *¡No soy un resucitado!*, repetirlo cuantas veces hiciera falta, tal vez añadiéndole a la cantaleta otra escueta razón parecida.

Pero nadie se le acercaba.

Palabras en el aire, como una subjetividad que de un momento a otro podría desmoronarse.

Un poco más adelante, Ponciano se detuvo para mirar en derredor: y sí: ¡por supuesto!: había cantidad de personas que lo veían, pero el acercamiento... qué barrera apócrifa, insalvable, podía haber entre él y los demás.

En definitiva, nadie secundaría su gana de vaciamiento, o su correctivo seco. Es que él deseaba aclarar lo que le había pasado, la pamema episódica de Sombrerete (la verdad), ya como una añeja corriente sin ventura, dado que

207

aquella amenaza final de apedreo resolvía (con firmeza) un embrollo que bien pudo haberse resuelto con un pequeño regaño, pero... No ocurrió ni lo uno ni lo otro, la huida sí: oportuna...

Tal fue el miedo ante la turba: las piedras en cuantía contra él: lo hipotético doloroso, por lo que de no haber sido por ese panorama de tantos enojados, pues el ahora pordiosero todavía estaría gozando del ya difuso pueblote pintoresco, tal vez sería un goce torvo –¡claro!– y también minúsculo. La cosa es que no había nadie con quien desahogarse, ni Irma Belén, porque decirle a ella lo de la chaparra cabezona, aquella Noemí talachera, casi como si se tratara de un amor degradante: ¡ah!, por ende el secreto se revolvía en su interior, seguido de una resignación y un ensimismamiento sistemático que terminaban por incomodarlo. De ahí los caprichos de Ponciano: los sí y los no constantes, los tantos estados de ánimo y... ¿había enloquecido? No, eso no. Para Irma Belén su marido estaba a punto de un aplastamiento que sólo él podía solucionar. Algo muy agresivo tenía que sentir, o ser objeto de una inducción brutal, o adivinar qué era lo que estaba más en el fondo de él, para que volviera a la vida normal... mientras tanto: la insensibilidad de Irma Belén se iba haciendo más concreta... y... dejar el caso en manos del azar... y a propósito, hablando de manos: hacía mucho que no se agarraban buenamente como tantas parejas de enamorados. Caminar por la calle: orondos. No soltarse... Podría decirse que a partir de que procuraron tal agarre los esposos se estaban necesitando cada vez más. Ya cada vez menos los caprichos de él y la indiferencia de ella. Ya las risas frecuentes de ambos cuando comentaban cualquier cosa insulsa. Ya los besos en plena boca y en plena calle. Ya los abrazos vistos por quién sabe cuánta gente escrupulosa. Y todo porque habían decidido andar siempre agarrados... Las manos como abordaje y como magma consistente... Las manos que expresen. Las manos que presienten, que sellan, que aprietan...

No fueron pocas las veces que los vecinos vieron que la pareja andaba bien vestida y con sus manos en agarre y en vaivén. ¿Adónde irían?, ¿de dónde vendrían? Podría afirmarse que algunos de esos días Ponciano le había consentido hartos caprichos a Irma Belén. Acompañarla al expendio, al restaurante, al cine, etcétera. Sin embargo, fue señera la vez que venían por la calle bien agarrados –a un tris de llegar a su casa–, cuando, hacia el atardecer, un automóvil negro se les acercó a vuelta de rueda. En cuanto hubo parejura descendieron del vehículo cuatro hombres musculosos e impecablemente vestidos: de inmediato obstaculizaron el caminar de los agarrados. Uno de los musculosos habló:

–¿Usted es Ponciano Palma Limón?

–Sí, señor.

–Acompáñenos, tiene orden de arresto.

Cuatro placas de metal, dizque de policías, fueron mostradas al unísono: relucían con brillos punteando.

–¿Adónde me llevan?

–¡Cállese y súbase!

Zafe: las manos de los enamorados: ya no, porque como un bulto los hombres empujaron a Ponciano en la parte trasera del automóvil. La puerta abierta fue cerrada con brusquedad. Arresto nada ecuánime. Había llegado la hora. ¡Rumbo al Infierno! Y el arranque rechinando llantas: tenía que ser así. Y ninguna pregunta por parte de él porque se veía que conforme sucedía el alejamiento al arrestado le iban acomodando una buena golpiza luego de esposarlo: ñengo imaginar más y más empeoramientos. De modo que: ¿también detuvieron a Sixto Araiza?, ¿que en qué cárcel lo

209

meterían? Nada. Olvido. E Irma Belén se quedó atónita mirando tal esfumación, lo mismo que ciertas personas del barrio. Tiesura. Desconcierto que duró varios segundos, también la mudez general. Escena vibradora.

Pese a la inmovilidad perpleja duradera, hubo una mujer que sí rompió con todo aquello: avanzó casi corriendo hacia donde estaba Irma Belén: parecía una extravagancia dinámica en medio de lo inalterable mirón. Por fin llegó hasta donde quería: luego: dos angustias se acentuaron: la de Irma Belén y la de la mujer. Bruta tensión, en concreto.

–¿Por qué lo arrestaron?, ¿qué hizo?

–Mi esposo mató a un hombre.

Le salió del alma a Irma Belén tal decir, sí, porque todavía miraba hacia el oeste la retirada del automóvil. Inconciencia expresiva, a rajatabla, sin ambages, más porque mostraba un asomo de lágrima: ¡sí!, asimismo un enrojecimiento de cara que nunca antes. Ya no hubo más preguntas pero sí un desate de rumoreo imparable que postulaba con viveza una sola palabra: *¡asesino!, ¡asesino!, ¡asesino!* Y ese vocablo circuló por doquier, parecía eco trapisondo.

Cierto que la gente empezó a ver con lástima a Irma Belén. ¡Pobrecita! Cierto que el retiro de esos cuantos fue lento, como pensando y redondeando una desgracia. También Irma Belén, cabizbaja, terminó por entrar a su casa y meterse a su cama. Mañana –¡ni modo!– tendría que ir a desayunar sola al restaurante.

7

Buscar al marido en la Delegación de Policía, y de allí a ver cómo hacerle sabiendo por dónde ir. Para ello la señora debía ponerse de acuerdo con la infatigable Cornelia Ceballos acerca de la posibilidad de ausencia sólo por un mínimo de tres días, cuando mucho. De modo que el encargo del expendio: ¡desde ya!, dado que a Ponciano, bueno, ¿para qué revelarle a la empleada lo del asesinato remoto? De hecho, cuando se dio la vez de la plática entre ambas la inflación estrambótica del arresto tuvo vertientes demasiado hipotéticas o bien descabelladas, pero nada que obviara un poco lo del ingenio malsano, por lo que: sobre eso específico: ¡ssshhhttt! Mejor manejar lo de la injusticia: lo que siempre ocurre a fin de cuentas... Aunque... Si Cornelia se quedaba con toda la responsabilidad del negocio, había que dar por seguro que durante esos tres días la venta de billetes se iría al suelo. Pero tres días no serían muchos, ¿verdad?

Consecuentemente hay que darle aire a la entereza de Irma Belén. Fue a la Delegación de Policía y le dijeron que allí no se encontraba nadie de nombre Ponciano Palma Limón. *Está bien, pero ¿dónde podré hallarlo?* Tampoco

211

le dijeron dónde. Ni pizca. Escamoteo de información...
¡tal vez!... Y empezó el peregrinaje: en taxis, ¡por supuesto!
A dos juzgados. A la Cruz Roja. A las cárceles de Torreón,
Gómez Palacio y Lerdo, y a la angustiada señora le dio la
impresión de que estaban jugando con ella. Que porque
estaba vieja, o algo así. Que porque tenía una voz desagradable. O algo mucho peor.

Cansancio, pero empeño: tanta carga de eso último,
ya que Irma Belén utilizaba todas las horas de claridad,
casi desde la salida del sol hasta su metida, y en las noches
la frustración, una que se ensanchaba tras pensarla y que
lograba ser sugestiva, pero para mal. Es que metida en la
urdimbre de sus conjeturas los empeoramientos se retor-
cían a cada rato.

Acostada, pero sin dejar de estar tensa, llegó a imaginar
que esos hombres del automóvil negro se lo habían llevado
a su esposo a sepa qué carretera y tras localizar una barranca: ¡sí!, ¡echarlo!, ¡pinche pelele!, tanto que Ponciano hubiera querido tener alas, nada más en ese momento, para que
el aleteo lo salvara de una caída mortal, o que con sólo mover los brazos en el aire su marido tuviera potestad sobre su
cuerpo, pero no, sino el desamparo, sino la fragilidad fea, y
¡zas!: hasta el fondo de un abismo el ruido de la cabeza que
se abre en dos, como una sandía. Y la muerte y los buitres y
tantán. Otra posibilidad sería que lo hubieran ahorcado. O
que le hubieran metido por lo menos unos dos disparos en
la sien. La rapidez catastrófica, por despachadora.

Pero lo que hacía Irma Belén, cuando la asaltaban ese
tipo de extravagancias macabras, era dormirse pensando
que Ponciano estaba arropado por celadores y guardias de
toda laya; que lo habían recluido en una celda elegantísi-
ma sólo porque le habían visto la cara de narcotraficante.
Y el respeto. Y la prudencia. Y el miedo. Y todo un bati-

burrillo de inseguridades que sí; que ya; que el sueño ganaba: ¡al fin!: en coruscos indescriptibles; que la angustia se iría atenuando... porque lo del narcotráfico: ayayay... y al día siguiente... La insistencia. Andar por donde ya conocía más o menos: las cárceles de tales o cuales lugares; los juzgados y las Cruz Roja: ¿cuántos y cuántas?; tres ciudades conurbadas que –para colmo– cuál sería la buena. Lo soterrado como estorbo, pero el no darse por vencida fue lo que le valió a la señora salir triunfal de ese lío buscador, porque muy sin querer queriendo un señor con cara de abogado que trabajaba en una oficina rarísima de la Presidencia Municipal de Torreón fue quien le dijo –luego de revisar con anteojos de fondo de botella papeles y más papeles– que el ciudadano Ponciano Palma Limón se encontraba preso, aunque todavía en el Área de Clasificación, en la cárcel de esa progresista ciudad coahuilense.

Irma Belén había ido a tal lugar desde el primer día. Tenía que hallar a su marido sesentón sano y salvo: ojalá, porque de otro modo: ¿qué tal si lo encontraba malherido? Preocupación.

Aunque... saber para calmarse –la señora ya hubo dejado de estar tensa–: un logro a medias, uno que permitiera dimensionar el sosiego, dado que el siguiente paso consistía en visitar la cárcel para enseguida enterarse de que las autoridades habían establecido (al fin) una fecha y una hora equis de visita, lo que le permitía a ella hacer varias veces acto de presencia en el expendio, a bien de informarles a los compradores acerca de sus períodos de ausencia, máxime si la hora de vista de reja era por las mañanas y con qué tanta frecuencia. Claro que si era por las tardes, entonces no. Pero...

No, al final se abstuvo de decir lo que había pensado: los clientes ¿qué?, ¿por qué tenían que enterarse de...? Su resolución no fue redonda y resultó mejor que no lo fuera. Explicaciones: ninguna: en cambio, el proceder: tal vía unívoca.

Ir. Por la mañana. La cárcel: los impedimentos: las revisiones toda vez que dio el nombre del preso y dijo ser su esposa. No le exigieron acta de matrimonio (qué raro), acaso porque no sería ésa la vez que formalmente habría de ver a su cónyuge. Sí una identificación oficial con foto: ¡ya!: la comprobación del parecido de ella con ella y ¡listo! Sin embargo, a la deriva: Ponciano Palma Limón, todavía con el mote de «preso común», que estaba embutido en un separo, junto con quién sabe cuántos presos. Bueno: a ella le darían horario: ¿una vez por semana?: ¿cuándo?: ah, los martes a las cuatro de la tarde. O sea que dentro de cinco días la primera visita. Listo. Sólo hay que agregar que a Irma Belén le hicieron dos revisiones exhaustivas: sus pertenencias (no la despojaron de nada) y su cuerpo (tentaleo no mañoso o deleitoso, sino frío): eso era lo normal en todos los casos.

Alguien de los circunspectos de allí le advirtió a Irma Belén que si su visita iba a ser a las cuatro de la tarde lo recomendable sería que llegara unas dos o tres horas antes, dado que había una larga fila y la lentitud del avance a veces exasperaba (con razón) a los familiares o conocidos de los presos y, bueno, pues era mejor saber lo que pasaría seguramente porque nunca falta quien se enoje y despotrique contra las autoridades. De modo que bajo advertencia... mmm... incluso no estaría mal que la señora trajera consigo un lonche o ya llegara bien comida y físicamente bien entera porque, huy, para qué decir más...

214

8

Difícil dormir durante aquellas noches previas a la visita. Dramatismo en la cama. Pensar sin resolver. Nadería. Opacidad.

Irma Belén y su inquietud imparable acentuaban un zipizape de movimientos constantes cuya brusquedad no le permitía siquiera entrecerrar sus ojos durante un rato: y hacia la derecha y hacia la izquierda las perspectivas inmediatas. Nunca un acomodo holgón. Incluso se sentaba meditabunda al borde de la cama (ya de plano) y luego de unos minutos se ponía de pie, todo porque imaginaba a su esposo gritando desesperado ante las continuas agresiones, tanto físicas como verbales, que los otros reos le enjaretaban una y otra vez. Malamente debía imaginar a Ponciano tendido en el suelo, pateado, escupido, orinado, hasta que un reo testigo decía: *¡Ya basta!, por ahora es suficiente.* Otras escenas horrendas desfilaban por la mente de Irma Belén en un orden cada vez peor: brotes ocres de monstruosidades, estallidos fantasmagóricos donde Ponciano era un vil juguete dando vueltas; tanta anarquía de formas tendentes a un desagrado que se iba extendiendo... Conclusión: desvelo de ella... Luego su dormir a trancos: súpita, pero angustiada, durante la mañana. Una impaciencia combinada con un cansancio que jamás había sentido. Algo recóndito, como que ajeno. Pero la recuperación total vino como a las dos de la tarde. La chispa. La ansiedad por ir como de rayo a... Y ¿emperifollarse?, ¿tendría caso?

Por más que se apuró la señora no pudo llegar a tiempo a la cárcel de Torreón, es decir: no con dos horas de anticipación como le habían advertido, por lo tanto formarse en la fila de visitantes... tan largo menester, tan fastidioso, tan lento el avance...

Lo reconfortante fue que un guardia, impecablemente uniformado, dio un anuncio por altavoz a todos los visitantes: que por favor no se fueran a desesperar, ya que cada cual pasaría al área de locutorios, teniendo veinte minutos como máximo para conversar con su pariente. Hasta parecía una cantaleta memorizada por lo mecánico del sonsonete. Y no era que la impaciencia cundiera, sino el hambre, sino el estar de pie durante... a saber... ese aguante bajo el sol no sería fácil para nadie. Ésa era la razón por la que algunos pedían permiso para apartarse de la fila, yéndose un poco más allá a sentarse un rato y comer el lonche que traían escondido: una torta o unos tacos con repollo en batahola, por ejemplo. O también por las meras ganas de descansar: sea pues el puro sentarse, de ser posible bajo una sombra, bueno, entiéndase el sesteo como la opción de flexionar las piernas casi en acueste. Eso: cada quien deseándolo, pero no necesariamente todos. Una excepción fue Irma Belén: fue tan aguantadora que incluso no comió, ya que durante todo ese tiempo de estar formada su imaginación estaba en pleno desate y, ¡claro!, sucedían cosas absolutamente irreales y descabelladas: unas buenas y otras malas, ganando, desde luego, las malas, porque lo malo tiende a alargarse para luego irse empeorando cada vez más, ¿o no?

Con decir que la resistencia de Irma Belén incluyó una buena asoleada a la par que un molesto sudar la gota gorda mientras hacía la fila. Al fin ya estaba a punto de pasar al Área de Locutorios no sin antes ser revisada como la otra vez, pero más despacio: esculcar su bolso apaisado (ojalá que no la despojaran de nada) y su cuerpo señorón (ojalá que no hubiera ninguna clase de abuso mañoso). Entonces pasó a la sombra como pasar a una relajación. El sudor se asuró en la piel al tiempo que su ánimo ascendía.

Unas sillas para sentarse viendo el espectáculo deprimente de las conversaciones casi en susurro. Un como desamparo sugestivo en tres ventanillas con rejas –lo que había–, habiendo de por medio, además, un espacio aproximado de un metro y medio entre un enrejado y otro. Y el cuchicheo y lo gestual dándose bien a bien: una presunta intimidad que nomás no, porque había frases completas que se oían sonoramente, sobre todo hacia el final de los veinte minutos de rigor: descuidos de tono: subiendo (sin querer), sobre todo cuando ya se estaba agotando el tiempo... Y oír desde acá (también sin querer)...

Le llegó la hora a Irma Belén ya como un estropicio, le llegó porque Ponciano estaba tras las rejas foscas mirando ese palmo de libertad desde el otro lado: sea pues aquella sala algo anchurosa que olía a carnitas en descomposición. Así el acercamiento desgraciado: verse los dos en tales circunstancias reducidas. ¿Quién empezaría? Ella, por supuesto, debido a que vio a su esposo lleno de moretones y heridas y chirlos sanguinolentos. Fealdad carcelaria. Imagen vergonzante. Máscara tremebunda por descarada. Y temblor y tristeza: de él, que no le faltaban ganas de taparse el rostro con sus manos (también heridas):

–¿Qué te pasó?, ¿qué te hicieron?

–Desde que me agarraron no han dejado de golpear-

217

me: primero fueron los hombres que me aprehendieron, luego los guardias y luego los reos. Pocos han sido los momentos que me dejan en paz.

—¿Y tú qué les dices?

—Yo no puedo defenderme. Si protesto me tunden más duro.

—¿Y cómo es la celda donde te han metido?

—Es una crujía donde hay muchos reos, se llama Área de Clasificación... No sé cuánto tiempo estaré allí... No sé cuándo me van a sentenciar.

—¿A poco no tienes ni idea?

—Según me dijeron pueden pasar hasta dos años para que eso ocurra... Mientras tanto, no sé qué será de mí entre tanto maleante.

—Nunca me imaginé que estuvieras tan mal, y si alguna vez pensé en cosas feas, quise ignorarlas de inmediato.

—Te suplico que bajes un poco el tono de tu voz. Aquí, entre tanta pared, todo se oye porque todo alcanza resonancia.

Hubo un silencio apenas de unos veinte segundos. Ambos querían acarrear ideas lo más pronto posible, pero ¿cómo atraparlas? También ellos se miraban con recelo, como si quisieran decir algo importante que tras soltarlo no sería tanto, o ¿cómo?, o ¿qué?: ¡ya!:

—¿Y te han curado las heridas?

—Un reo me consiguió un trapo, cuando me vio sangrar mucho, eso ha sido todo.

—¿A poco después de dos días te siguen golpeando?

—Cada vez me agreden menos, pero no puedo dar por seguro que me dejarán en paz... Pese a que tengo sesenta años me golpean todos los días.

—¿Y así lo hacen con todos?

—Te puedo decir que por lo menos cada dos días hay

un muerto. Unos mueren a causa de palizas tremendas; otros se suicidan, si es que encuentran cómo hacerlo. No falta quién lo ayude a uno a morir. Lo mejor sería estar aislado en una celda, pero eso no deja de ser una pretensión casi imposible.

–¿Y qué piensas hacer?

–No pienso hacer nada. Me gustaría suicidarme. Creo que es el único remedio que le encuentro a todo esto que vivo.

–Eso ya lo habías pensado hace tiempo. Hasta me exigiste que colgara un moño negro en la puerta de la casa. Luego regresaste. Luego no quisiste trabajar. La verdad es que tú ya estabas esperando a que te arrestara la policía. Tal vez soñabas en la cárcel... Creías que esto era el paraíso de la pereza y ahora caes en la cuenta de que es el peor de los infiernos.

–Irma Belén, escúchame, lo del suicidio va en serio. Te quiero pedir que la próxima vez que vengas me traigas un cordón de lino, o de nailon o de plástico, o un mecate no tan grueso; algo que mida más o menos un metro.

–¿Qué me estás diciendo?

–Te pido de favor que me traigas un cordón resistente que me pueda servir como soga.

–¿Te vas a ahorcar?

–No faltará un reo que me ayude a jalar... Bueno, eso es lo que quiero.

–¿Morirte?

–Sí, es que no me imagino el día en que pueda volver a ser libre.

–No, Ponciano, ya déjate de bromas... Lo que realmente deseo es que salgas de la cárcel.

–¿Cómo?

–No sé... Hay que juntar dinero.

Dinero ¿cuánto? Y, sobre todo, cuánto tiempo se llevaría la esposa en juntar, mmm, cuál cifra estratosférica... una inaccesible: tal vez. Un mundo billetoso que hasta cuándo sí, y ¿para qué?, si de todos modos Ponciano ya no quería vivir. Lo dijo, lo aseguró. Entonces... una cuerda. La próxima vez. Seguía el cuchicheo especulativo hasta que llegó la chispa trascendente:

—La única manera que existe para que yo salga pronto de aquí es que tú juegues a la lotería; que le pegues al gordo. Estoy seguro que lo conseguirás porque tú eres una portadora de la buena suerte. Con que hagas un reparto de uno o dos millones a las autoridades carcelarias, con eso yo saldré de esa jodidencia.

—Jugar a la lotería...

—De veras, confía en que ganarás

Más bajo el tono: más, más, más. La casualidad dislocada. La contingencia a trancos. El azar certero, tan posible como la luz cotidiana o como la oscuridad de todas las noches.

—Entonces ya no te traigo la cuerda.

Ponciano se rascó la cabeza: muy de lado y en agache: ¿qué decidir? Lo peor. Lo óptimo. Lo peor era más real, más inmediato, ¿verdad?

—Yo te pido que compres un entero de lotería... Pero de todos modos tráeme la cuerda. La guardaré. La tendré disponible... Me conviene esperar el resultado del sorteo.

—¿Y si no gano?

De nuevo el sesentón se rascó la cabeza.

—Pues... podrías seguir jugando... Yo sé que algún día no lejano le pegarás al gordo.

—¿Y tú vas a esperar a que le pegue?, ¿aguantarás tanto tiempo encerrado y golpeado?, ¿sí? Necesito que te decidas de una vez por todas.

220

En ese momento una guardia le dijo a Irma Belén que le quedaba medio minuto de conversación. Que se apurara...

Hablar lo más quedo posible... Esposo y esposa se acariciaron las manos tras agarrar cada quien las rejas foscas. Caricias segunderas. La suavidad vencida... queriendo... Tal mudez elocuente... pretendiendo...

–Por favor tráeme la cuerda... Quiero tenerla conmigo... Yo sabré cuándo la uso.

Un lapso de instantes minúsculo ¡de a tiro!, y...

–¡Terminó el tiempo! ¡Despídanse! –sentenció el guardia.

Un beso entre las rejas. ¡No!, ¡qué fastidio!

Solamente los adioses...

La próxima semana... otra vez... allí... con el encargo... Eso doloroso... que –a ver– ¿dónde meterlo? En el bolso: hecho una bola... El cordón tenía que ser delgado pero fuerte... Había que tener una extraordinaria imaginación para poder librar todas las revisiones y entregárselo a Ponciano, sin problemas...

Salir a la tarde. Salir al mundo de Torreón. Empezaba a llover. Irma Belén tenía que buscar un refugio allá en la calle.

Primeras gotas.

Bruto apuro.

9

Después del episodio de la cárcel: tan despreciable, tan hostil, tan cargante: ¡qué ganas de tirarse en una hamaca de ensueño para verlo todo como una alegoría! Pero antes el deber de ella –¿sí?–: buscar la cuerda en el mercado, o en un súper o en una ferretería. Y el material más idóneo: ¿cuál debía ser? Lo más resistente y ahorcador. Lo más delgado y práctico. Aunque –analizando la búsqueda– todavía contaba con una semana para, sin prisas, andar y escoger... Hasta el martes la siguiente visita... Entonces los desayunos en el restaurante de siempre: las tragazones solitarias. Entonces las idas al cine a solas por las tardes (sus soliloquios ufanos), no sin antes pasar de continuo por el expendio para ver qué había de nuevo: sí: lo que sería una costumbre por venir y, aprovechando, viene al caso mencionar que Cornelia Ceballos ya tenía copia de las llaves del local céntrico... También: cuando Irma Belén pensó en todo lo que ofrecía el expendio sólo acudieron a su mente puras cosas bellas, luminosas, como para arrellanarse en la cama y...

¡El billete!, ¡un número!, ¿una corazonada?

Entre que sí y que no la señora estuvo pensando en

una sola cifra. Lo que menos se le antojaban eran los cálculos: que si el número siete representaba un ejército; que si el número cinco representaba un acecho; que si el número dos representaba una levedad. Imposturas de significado que a saber... en última instancia, tras redondear figureos y desfiles de signos y trazos, había una transposición incidental. Parecía que todos los números avanzaban hacia un espacio vaporoso. Lo ideal sería establecer una combinatoria que triunfara sobre otras tantas. Una tarde entera imaginar cifras de cuatro o cinco dígitos: en acueste plácido, a bien de acceder a una invención de razones para incidir en una cifra fulgurante, una alta y llamativa, que recalara cientos de veces en la psique, a tal grado que habría que escribirla grandemente para no olvidarla.

Pero razones ¿cuáles? Un presagio debería estar despojado de discernimientos, por lo mismo la intuición debería tender siempre a lo repentino. Algo que aparece y ¡zas!, sin ningún lastre de elaboración analítica. De hecho, Irma Belén se tapó durante buen rato sus ojos, amén de cerrarlos, para dejar que la oscuridad lanzara taxativamente un número asociado con otros. Ah: llegaría como escarceo... y sí... cuatro dígitos ¡a las claras!... Una cifra casi postinera... muy movida llegó: 2968, la salvadora, y aprendérsela: dos... nueve... seis... ocho... Llegó como inoculación: números uniformes, armónicos, cuya radiancia estaría tocando una puerta: la de la suerte absoluta, una puerta pesada que tras abrirla aportaría una gran solución: algo sí como un decurso ascendente. Irma Belén apuntó muchas veces la cifra: quiéranse guarismos vaciados en papeles y más papeles. Y la tinta calando. Pero...

Conseguir el billete ¿dónde?

En su expendio: cosa improbable.

En los expendios de Torreón: ¿acaso?

En los del país, ¡uf!, ni modo de viajar por todas partes en menos de una semana.

Y suponiendo que ese número se encontrara en algún pueblo de Quintana Roo, o por ahí, o más acá: ¿cómo saberlo con exactitud?, y luego faltaba, todavía, el tino gigantesco: pegarle al gordo para de inmediato cobrar el premio: locura... más enloquecimiento sería ir enseguida a la cárcel para sobornar a las autoridades y sacar a Ponciano –a la de ¡ya!–, con la mira de alejarlo cuanto antes (y lo más posible) de ese horror infernal.

Curarlo buenamente con toda la paciencia del mundo.

Pero...

Poco a poco Irma Belén fue descartando la posibilidad de hallar algo parecido a 2968. Aun así, hacer el intento por toparse al menos con la terminación 968, y si no la 68, y si no el puro 8: ya en abatimiento final.

La treta subsiguiente consistiría en deambular por los expendios de Torreón miércoles, jueves, viernes, sábado y domingo. El lunes no porque el domingo era el sorteo, el de 30 millones en juego. El límite: cinco días: por ende.

Bueno, la señora pensaba que al día siguiente, luego de ir al mediodía a recoger los nuevos billetes a la oficina central de la Lotería Nacional de Torreón, la suerte la ayudaría a encontrar la terminación de tres dígitos, o de dos: ¡ojalá!, porque la de uno, o sea 8, ¡pues no tenía chiste! ¿Se entiende?

Y a primera hora, justo las ocho de la mañana (superstición), Irma Belén salió oronda a desayunar a donde siempre...

Atascarse de comida, como se dijo, sería el germen de un comienzo suertudo. Panza llena corazón... se sabe, ¿o no es así?... corazonada, ¡eso! Unir la chispa del día anterior con la chispa que surgiría tras estar mordiendo y bebiendo: ¡allí... en el asiento pachón... la lucidez!, a ver si algo nuevo se revelaba, pero no. El atasco (acaso por exagerado) selló la cifra aparecida y al cabo soñada: 2968: destello filoso.

E irse...

La llegada de la señora al expendio de marras fue como si descendiera de las más recónditas alturas una diosa no muy bien vestida, ¡pues! Manita de gato nada más, pero lo importante para la clientela que ya hacía fila a partir de la ventanilla (la atendida sólo por la suertuda) hasta unos treinta metros fuera del local era verla: tal aura, tal presencia, que nada tenía que ver con la de Cornelia, quien momentos antes había abierto el expendio y dicho una y otra vez que la mera-mera no tardaría en llegar y mientras tanto ¡pues a barrer!: ella: ¡pues a limpiar con un trapo los muchos vidrios!, hasta que: bueno, bueno, agárrense, es que nomás llegó Irma Belén, no, hombre, ¡por Dios!, casi daban ganas de hacerle valla, así, de plano. Pero hay que decirlo despacio... Lo que sí es que la clientela se alegró... aunque... hubo desilusión general luego... La señora dio un aviso gritón... Que ese día sólo atendería a tres clientes, puesto que tenía que irse a comprar hartas cosas, unos pendientes, en fin. Incluso dijo que si no terminaba de encontrar lo que deseaba, el día de mañana sería igual: tres, máximo cuatro clientes por atender. Mínima venta. Rapidez, ¿de acuerdo? Pero que el día viernes ya no sería así. Con eso dicho (a lo pelón) hubo retirada enojosa de los —sepa cuántos— interesados. Vaciamiento en un dos por tres, excepto: el trío de procurantes ganones formados mero enfrente de la ventanilla...

Toda vez que se quedaron viéndose Cornelia e Irma Belén, solas, sin ningún probable testigo. La señora le pidió a la jovencita que buscara entre todos los billetes que jugarían el próximo domingo unos dos de terminación 8, siendo que era preferible uno de terminación 68, y todavía más preferible uno de terminación 968, ahora que si encontraba el 2968, bueno pues, qué ahorro de andanzas por Torreón.

10

Fueron diez expendios los visitados por Irma Belén y justo en el último fue donde encontró la terminación 68. La andanza debió ser agotadora, pero hacia el comienzo del anochecer apareció el número aproximado.

En tal sentido hay que decir algo acerca del viento en ondas que soplaba de norte a sur durante aquella tarde. Era una ráfaga anunciadora de un disparate extraordinario, algo que invitaba a permanecer a la intemperie. Dicho de otro modo: bastó con que la señora hubiese entrado y visto el número con terminación 68: loco augurio: para enseguida dejarse empujar por una extraña fuerza circulatoria, una que la hizo salir a la calle para abrir su bolso y sacar los billetes con desesperación: que el dinero fuera acariciado por el viento vespertino, es decir: las cifras altas. Dos mil pesos. Billetes de quinientos. Movimientos suaves y frescos, ¡y ahora sí la compra sin más! El entero de lotería debía colocárselo encima de su seno izquierdo, bajo el corpiño, junto a sus palpitaciones, como si cada una de ellas fuesen espinas que pincharan... ¡pinchar papel, destino, arrebato, azar! Y así el antojo pasional ensimismado: la inercia de ir al cine a como diera lugar, no importando que se tratara de una función nocturna y, sobre todo, siendo espectadora de una película llena de sentimientos, misma que la ayudara a comer palomitas con nerviosismo: eso para amortiguar los penares melodramáticos de la trama visual y a su vez olvidarse de que estaba jugando un juego que nunca había jugado: ese estigma, esa latencia: ese sesenta y ocho actuando ya de modo indirecto, pero –mmm–: cabal olvido, o memoria que se adelgazaba de súbito: y: distraerse mientras tanto, pero no pudo, ¡no!, por más que quiso. Es que la película abordaba la ingrata temática de la pobreza. Pura gente triste, dueña de una desaforada amargura, tanto que Irma Belén no resistió seguir presenciando ese tipo de emociones bien mugrosas y bien ásperas, así que se salió a la mitad de... Quiso cenar ligero, y sí, por fortuna, pronto se topó con un café de chinos y ¡al ataque! Sea que entre sorbos de café con leche la señora se puso a pensar en exageraciones que conforme aparecían se esfumaban en un dos por tres... Pero la traición de la mente... la montaña de riqueza esperando en un más allá que, sin embargo, estaba al alcance. Y, pese a pese, Irma Belén se avergonzaba de imaginar embrollos fascinantes. Que si le pegaba al gordo lo primero que haría sería sacar a su esposo de... para luego andar de viaje juntos: agarrados de la mano todo el tiempo. Darle mil vueltas de muchas maneras al mundo, sin ninguna posible fatiga, a ver si sí. Arder en deseos de andar descubriendo rarezas o maravillas sin igual: arquitecturas inenarrables, chiclosas, inverosímiles, porque debía de haber eso en algunos lugares demasiado lejanos. Ah, pero si no eran los viajes, entonces la inversión debía ser harto rigurosa en cuanto a lo que fuese más útil. Y así, en repuje, la vida como espectáculo. La salud como soporte mecánico. Y la dinámica y la sorpresa... 30 millones era el monto del gordo: sí, en dos series; entonces

15 millones y ¿cuánto le quitarían –a la hora de la hora– de impuestos? De todos modos quedaría mucho. Una montaña y una felicidad ostensible nada más por su forma de exhibirse gruesamente, teniendo en la cima a esos esposos ¿que se querían muchísimo?... El último sorbo del café con leche fue el más azucarado...

Pagar ¡ya! Ir de regreso a su casa como regresar a un recuerdo demasiado banal.

Al llegar desnudarse, ¿por qué no? Es que nunca lo había hecho a solas.

Dormir encuerada, ¿eh? El calor de Torreón empujaba a eso. Y aunque ella –desde dos años atrás– había comprado un ventilador bien potente, pues de todos modos no era tan resolvedor... de vez en cuando la frescura engañaba.

Pero sería en cueros la disipación final, somnolienta.

Durante el transcurso de viernes, sábado y domingo la cotidianeidad de Irma Belén siguió inalterable: concierto de repeticiones: trabajo, cinematografía y tragazón, sólo con el aderezo de ciertos encantamientos relativos al desembolso que sobrevendría. El premio: el detonante, y el invertir con cálculo: ¿en una casa de campo, cual emotiva disipación? Un ejemplo de alianza amorosa en completa paz ¡para siempre!; o vivir a la orilla de un lago, en un paraje del mundo ni muy frío ni muy caliente. La verdad que esas estampas denodadamente románticas aparecían casi volanderas, cual propelas, poco antes de que Irma Belén conciliara el sueño... las tantas improbabilidades... las ilusiones que se diluyen. Sin embargo, llegó el lunes y en su expendio había que ver los resultados del sorteo de los 30 millones...

Revisión junto con Cornelia. Morbo vibrante.

No, no había obtenido nada, ni un reintegro. La cifra ganadora era tan lejana a la terminación 68. Aun así seguir vendiendo tinos, porque no había día en que al menos alguno de sus clientes recibiera una mínima cifra simbólica: hazaña que ella hacía notar con toda oportunidad. Es que apuntaba en un papel que tal número vendido en tal fecha, allí en su expendio, había sido ganador de tal o cual monto jugoso o no tanto. Pero en cuanto a lo referente a ella... la primera vez... el fracaso... y la intuición de que si quería insistir seguiría reciclando (con mucha más sal) su negación al triunfo: esa desproporción de revés o esa propulsión de cambios radicales, todos para bien.

Sí, luego de consumir un par de horas en dedicarse (con absoluta concentración) a la venta de billetes, Irma Belén pensó que ella siempre sería portadora, que no receptora, de la buena suerte.

Dar con prodigalidad, pero jamás recibir siquiera migajas.

¿Y el marido... en qué limbo quedaba?

Ese lunes Irma Belén no fue al cine, sino que, con desilusión, regresó de su expendio a su casa. Acceder a lo íntimo seguro, como si unas manos gigantescas quisieran apresarla. Y estar tan al arbitrio, sintiéndose indefensa. Y fantasear con discreción, teniendo como agente de ideas su flojedad entristecida que tal vez –tarde o temprano– la obligara a dar un vuelco definitivo a su vida.

11

Ir a comprar la cuerda: el encargo. Tenía que ser de un material no aparatoso, aunque sí eficaz; uno cuya apretura fuese harto decisiva para evitar sufrimientos inmerecidos, y ¡zas!: la contundencia, el ajuste final, a bien de pasar buenamente al otro lado de la realidad y el tiempo (sin mayor trámite), ¿sí?, acaso ése era el lado verdadero, pero, al respecto, qué serviría más ¿el lino, el nailon o el plástico?, porque un mecate común y corriente, según ella, no, nunca, pensándolo bien, ¿verdad?, no podría ser plenamente efectivo, o, bueno, ¿para qué hacer suposiciones? En cualquier ferretería le darían a la señora la información que necesitaba acerca de la dureza más dúctil e inigualable y, por supuesto, para suavizar el cometido, ella podría inventar una pequeña historia relativa al amarre de unas cajas equis, diciéndole a los despachadores que se trataba de una mudanza urgente o por ahí: ¡claro!: era un zote pretexto a la barata, o era una treta zorra elaborada con la mira de enterarse de la crucial importancia, a sabiendas de que la aplicación real sería en el cuello de su marido. La blandura y la facilidad de acción, de resultas, para el reo que quisiera hacerle el favor del despacho mortal o también, por decir, lo fulminante benigno... pero... Lo que sí que, antes de proceder, Irma Belén fue en directo a zamparse un desayuno en el restaurante que ya todos sabemos... sólo que esa vez pidió fruta y café, tanto que la mesera habitual se sorprendió de lo tan poco pedido en esa ocasión, pero entendible a fin de cuentas porque Irma Belén exhibía una excesiva palidez, de hecho, estaba compungida, con asomos de lágrimas o brillos líquidos apenas, tanto que, tras notar aquello, la mesera metió su libreta en una bolsa de su minifalda anaranjada, y mejor se retiró para no hacer ninguna pregunta idiota. Y no, no hubo llanto por parte de Irma Belén luego de estar pensando en todo lo que se le iba a venir encima cuando le entregara la cuerda a quien había sido su compañero durante ¿cuántos años?... Ah, bueno, el tiempo se fue acumulando y... ¿compañeros?... La verdad era que su relación amorosa había sido muy entrecortada: lapsos de ausencia de él a causa de los viajes traileros y, luego, cuando se veían, pues ahora sí que digamos que lo que realmente se imponía era la frialdad. Una frialdad convertida en costumbre. Una inercia de despego enrarecida hasta ser inexpresiva y tonta.

Cosa de necesidades lastradas. Cosa vaga, pues, muy prescindible ¿el amor de Ponciano? En justo sentido, Irma Belén había experimentado buen número de semanas y meses en completa soledad durante muchos años, por eso mismo puede decirse que cuando su esposo llegaba a casa era prácticamente como un fantasma que fingía tenerle afecto en la misma medida que le manifestaba un desprecio recóndito. Pero la hipocresía hábil, carialegre. Esa teatralidad. De hecho, a fin de cuentas, ella quería engarruñarse y no saber; quería disuadir cualquier tipo de conflicto evitando toda clase de reproches.

Sonreír. Tolerar. Entender que algún día ese afán de

hacer llevadera una convivencia tan entrecortada podría depararle una gran sorpresa: para bien o para mal: y: mientras tanto la manía, la apatía aviesa, como carga o como síntoma de que los cambios siempre llegan cuando menos se piensa en ellos.

Irma Belén se quedó pensando en muchas cosas luego de haber ingerido su pequeño desayuno. Cuando optó por dirigirse hacia alguna ferretería, supo que le sería fácil localizar una en la zona céntrica de Torreón.

Fue finalmente en un establecimiento muy expandido donde le dijeron que las cuerdas de plástico eran las más fuertes y resistentes. Así que la compra, sin más, de lo deseado. Doblez perfecto metido en el bolso. Un metro. Hecho lo hecho del dando y dando, ella se rió con singular elocuencia mientras observaba al despachador de la ferretería. ¡Qué arrevesado había sido todo!

12

Martes por la mañana. Día de la visita de reja. Había que salir con tiempo y además pensar a detalle acerca de todo cuanto le diría a su esposo Ponciano... Irma Belén: ¡ya!: pensar con indiferencia muy de tiento y pausa, porque eso de ponerse a llorar tras entregarle la cuerda al supuestamente amado señor: ¡qué escena tan fachosa!, no obstante que en el fondo fuera conmovedora y hasta un poco solemne. Entonces el aguante, a bien de soltar las ideas de lamento con una frialdad que ella jamás había sentido. Nueva, pues, la tristeza y nuevo el tanteo de las palabras. Pero la (dizque) compungida tenía que irse de inmediato para conseguir un buen lugar en la fila de visitantes. Llevaría el bolso con lo letal adentro: y: la ida digna acorde con el caminar erguido, muy con ritmo callejero de paseo de caderas. ¿Eso visto?... a saber... Visto hasta que ella abordara un taxi para ir a la magnificencia carcelaria... Magnificencia real: había que verla así, porque de lo contrario se impondría lo sentimental sin más ni más... Pero antes cabría fijar ese desplazamiento de a pie... ¿habría quien viera esa suerte de gozo?... Miradas habría muchas: nomás en lo escondido.

234

E Irma Belén llegó, por fin. De buenas a primeras le pareció que la cárcel era (también) algo así como la implantación de una exuberancia desconocida. Quería, pero... La fila de visitantes estaba creciendo, pero... aún no se alargaba... seis personas ¿o siete?... y... sólo ver desde acá... Es que a Irma Belén le dio por sentarse al borde de una banqueta medianamente alta: por ende: la espera reflexiva ¡tan a gusto!, allí como procedimiento para redondear todo lo que sería el lapso de los decires entre Ponciano y ella. Una circunstancia que siempre, pese a pese, le habría de parecer irreal e insuficiente, porque por mucho que ambos recalaran en lo del suicidio o no suicidio, todavía quedaba flotando el argumento de lo de la lotería: esto es: que si Irma Belén había jugado y qué de qué; que si no le había pegado al gordo saber, entonces, si seguiría jugando hasta que un día de éstos le pegara cual debe y con eso ya la suposición del logro prodigioso: lo que se daría de inmediato: lo del soborno a las autoridades correspondientes, etcétera. Lo ideático vuelto a formular, ya que si no —obvio— la cuerda... la monstruosidad metida en el bolso, la entrega... aunque... Faltaba ver si los guardias dejarían pasar a la señora con esa amenaza (muy sesgada) de peligro. Es que las revisiones, todo lo dudoso metido-revuelto: tantas chucherías simplonas, inofensivas... podrían: ah... De todos modos Irma Belén estaba enterada (por la información obtenida por parte de Ponciano) de que los reos se mataban porque sí. No había sobrevivencia segura en ninguna crujía. El problema era el retaque de tantos malvivientes impensados: sí: estorbos sobre estorbos, por lo cual ahora sí cabe suponer que ni para cuándo Ponciano aspirara al lujo de una celda personal, ¿verdad?

E imaginar, sin prisa, la conversación apócrifa sobre lo de la lotería... lo que posiblemente...

Y el dilema final: la salvación o qué.

La fila estaba creciendo. De pronto hubo una como descarga de gente... y el orden se hizo: la prolongación, sin que hubiera un guardia que les dijera a tantos cómo debían hacerle: o sea: formados con naturalidad, menos Irma Belén: que seguía sentada en la banqueta.

Viendo ella (o dizque viendo): tan inmóvil y fría. Al respecto hay que decir que estaba metida en un monólogo lleno de consideraciones, uno donde, por más que pensara bien o mal sobre lo que le esperaba a su marido, ella saliera ganando de todas todas con la decisión que tomara... y... a ver... ¿qué tal que no le entregara la cuerda a su marido? Puntada al bies que luego se amplificó, porque no sólo eso de la no entrega, sino (y aquí va la novedad con todo su engrosamiento): que ya dejara de visitarlo en definitiva: ¡nunca más!, porque analizando... a ver... de qué le serviría tratar de convencerlo de que siguiera viviendo aún cuando ella no le pegara al premio mayor de la lotería; o decirle que se aguantara otro tiempo más en la cárcel, porque las cosas podían cambiar muy a su favor, o porque, bueno, ¿qué era eso de la amenaza de suicidio?: ¿eh? Lo más probable sería que eso de vivir o morir se convirtiera en un recurso sistemático de él... y... quién podía decirle a Ponciano que no lo hiciera, que porque lo de la cárcel a lo mejor mejoraba, ¿¿¿quién???, con poder sobrehumano... Ella no. Ella no iba a contribuir con lo del suicidio al entregarle la cuerda... Lo determinó... Esa culpa ¡nunca!, o ese pecado oscuro ¿para qué?... Si Ponciano en verdad tenía ganas de morirse, no faltarían reos que le pusieran las manos en el cuello para ayudarlo a que tuviera un rápido ahorcamiento, ¿o no? La eficacia se encuentra dondequiera y además romper no significa (ni significaría) perder, ni nada de eso.

236

La decisión que tomó Irma Belén fue sacar de su bolso la cuerda y así, con cansino desdén, la arrojó al pavimento. Luego trató de verla de reojo durante muy poco tiempo: serpiente ¡tan casual!, muerta y larga también... Olvido preservado a la deriva: y: nutrida fila allá. Aquel dominio impuro: de tardo escurrimiento. Por fin Irma Belén se incorporó. Se iría caminando hasta su casa... esa ideosa tentativa, concebida tras saber que paso a paso podría pensar a modo sobre el sinfín de planes que le ofrecía el futuro. Ampliar –por ejemplo– el negocio de la venta de billetes de lotería al poner más y más aparadores retacados de monerías de toda clase. Para ello: contar con más personal. Trabajar desde muy temprano hasta muy tarde: o sea: vivaz atareo siempre. Luchando sin cesar. Con ufanía y con tino... Estaba lejos su derrotero, tal vez se cansaría, pero seguir, seguir a toda costa, también satisfecha y risueña por haber decidido no volver a ver jamás a Ponciano, a quien mató en abstracto con esa sola idea prodigiosa, ésa: la que más le haría bien a su vida; la que la obligaba a convencerse de que su marido jamás resucitaría; no, definitivamente no, de veras.

ÍNDICE